二見文庫

# 一周忌の夜に 和菓子屋の未亡人

霧原一輝

目次

# 一周忌の夜に　和菓子屋の未亡人

# 第一章　法事を終えた未亡人

## 1

　菩提寺で、息子の一周忌の法要を終え、近くの店でお斎《とき》を振る舞い、知人友人には帰ってもらい、山村恭一《やまむらきよういち》は親族とともに家に戻ってきた。

『和菓子　山村』という看板の出た店舗の裏に、古い住居があって、そこの広間で、八人ほどの親族がお茶を啜り、和菓子を食べている。

　和菓子はもちろん『山村』のもので、それをそれぞれに出しているのは、息子の嫁であった山村妙子《たえこ》だ。

　黒髪をシニヨンに結い、家紋の入った喪服の着物をつけた妙子は、傷心を見せずに甲斐甲斐しく動いている。そんな妙子を見るにつけ、一年前に交通事故でぽっくりと逝ってしまった息子の俊夫《としお》のことを思う。

こんないい女を置いて、あの世に旅立つのはさぞかし無念だっただろう。

俊夫は五年前に、この地方の良家のお嬢さまであった妙子と結婚した。

俊夫が三十三歳で、妙子が二十九歳だったから、今、妙子は三十四歳ということになる。

ここ金沢の地で八十年つづく老舗和菓子屋『山村』の三代目である恭一の跡を継ごうと、俊夫は厨房で和菓子作りに励んでいた。

息子と結婚した妙子も、店に出て、若女将として頑張ってくれていた。

なかなか子供ができないことが残念だったが、そのうちできるだろうと思っていた。しかし、そんなとき、俊夫が突然、交通事故に巻き込まれて、急逝したのだ。

悪い夢を見ているのかと思った。

だが、それは現実だった。

恭一はひどく落ち込んだ。一年前、恭一はそろそろ息子に店主の座を譲ろうと考えていた。その矢先の事故だった。

だが、恭一以上に嘆き悲しんだのは、妙子だっただろう。

しばらく茫然自失していた妙子は、当然のことながら、実家に戻ることを考えていたようだった。

それを、恭一が押しとどめたのだ。

『今、ここで妙子さんに店から去られたら、うちは立ち行かなくなる。頼みます。もうあなたは店の顔だ。一生とは言わない。もうしばらくでいいから、店に出てもらえないだろうか？　頼みます』

頭をさげて、懇願した。

息子を亡くした義父を不憫に思ってくれたのだろう。妙子はしばらくして、その申し出を受け入れてくれた。

聞けば、俊夫が息を引き取る前に、妙子に『店のことは頼む』と言い残したのだと言う。

しかし、妙子は自分は身を引いたほうがいいのではないか、と悩んでいた。それが、義父の言葉で決心がついたのだと言う。

恭一は息子の代わりとして、楠本陽介《くすもとようすけ》という腕の立つ和菓子職人を雇った。そうやって、どうにかこの一年を乗り切ってきた。

（もしあのとき、妙子さんにも去られていたら、俺も完全に意気消沈して、三代目としての役目を放棄していたかもしれない）

恭一は現在、六十八歳だが、七年前に妻と死別していた。

お茶を啜りながら、ちらりと妙子を見た。

妙子は畳に膝を突き、うちの和菓子を丁寧に各々の前に置いている。結いあげられた黒髪からのぞく襟足が悩ましい。

優雅でありながら淑やかさを感じさせるととのった横顔、ほっそりとした首すじ、喪服の裾からこぼれている白足袋に包まれた小さな足……。

そのどれもが、男の欲望をかきたててやまない。かつては息子の嫁だった女に惚れていけないことはよくわかっている。だが、自分の心の動きだけはコントロールできなかった。

現在、母屋には恭一と妙子、離れには、住み込み職人として雇っている二十六歳の藤沢八重《ふじさわやえ》が住んでいる。

妙子はずっと店に立っているから、家事をする時間が限られる。それで、お手伝いさんを雇って、食事を作ってもらっている。

しかし、母屋では、妙子と二人だけのことが多い。

お手伝いさんは夕食の用意をして帰っていくから、夕食は妙子と二人で摂《と》る。職人の藤沢八重は離れで、ひとりで食事をする。昔から、そういう決まりになっていた。

以前は息子を交えて三人で食事を摂ったが、現在は二人きり。妙子は恭一の晩酌につきあって、とりとめのない話の相手となり、お酌をしてくれた。

妙子はお酒に強いほうではなく、すぐに酔った。そして、酔うとミルクを溶かしたような色白の肌がほんのりと桜色に染まり、目が潤んできて、唇がわずかに開く。

妙子は生まれも育ちもよく、上品さが沁みついている。品がいいからこそ、ちょっと乱れたときの色気は破壊力充分だった。

そのこぼれるような色気を受け流すことができる男などいやしない。

今も、叔父をはじめとする親戚の男たちが、亡夫の一周忌を務める未亡人の襟足や指先や横顔をいやらしい男の目で見ている。

いや、見ているような気がする。

桜の花をかたどった上生菓子は、今日のために、職人の楠本に作らせたものだ。

（まあまあだな……相変わらず、そつがない）

恭一はピンクの鮮やかな上生菓子を口にして、味わう。

『山村』は豆にこだわった自家製餡《あん》を使った季節の和菓子の評判が高く、地元客以外にも観光客が土産に購入してくれていた。

父から受け継いで三代目になった恭一は、店の維持と発展に尽力していたものの、もう六十八歳であり、そろそろ次の代に店を継がせてもいいと考えていた。

実際に、息子の俊夫にはその実力もセンスもあった。

だが、その息子が死んでしまったのだから、跡継ぎ問題を再考するべきときだった。

できれば自分の血のつながった相手に継がせたい。

だが、本命の俊夫があの世に旅立ってしまった。

俊夫はひとり息子であり、他に恭一の子供はいない。

（困ったな……）

というのが実感だった。

今、雇っている楠本はそれなりの腕はあるものの、飛びぬけた資質を持っているわけではない。

しかし、ここで修業させれば、四代目になることは可能だろう。

自分の血は途切れるが、それは運命として受け止めるべきなのかもしれない。

「さすがだな。この上生菓子、美味しいよ」

兄が言う。

「ああ、ありがとう。うちの職人の楠本に作らせたんだ」

「ほお……じゃあ、『山村』の四代目はその職人が継ぐのか？」

「……まだ、わからんな」

「そうか……ふと思ったんだが、妙子さんがその職人と結婚してくれたら、上手くいくんじゃないか？」

「……どうかな？　そう上手くはいかないだろう。妙子さんは俊夫が好きだったんだからな。死んだから、はい、今度は次の男とはいかないだろう」

「それはそうだが……」

兄が、妙子を見た。

妙子は今、自分の席に戻って、お茶を啜っている。喪服に包まれた妙子の、ほっそりとしてしなやかそうな指やかるく動く喉元を見ていると、夫を亡くした女の寂しさが美しさに拍車をかけて、これでは男たちが放っておかないだろうと感じた。

2

息子の一周忌の法要を終え、親族も帰っていった。

(そうだ。香典のリストを妙子さんが持っているはずだ。一応、目を通しておく必要があるだろうな)

思い立って、二階にある元夫婦の部屋へと木の階段をあがっていく。

二階を夫婦が使い、一階の一室を恭一が使っていた。妙子は夫が亡くなってもいまだそこを自分の部屋として利用している。

窓から木々が見える長い廊下を歩き、妙子の部屋の前まで来たとき、ドアを通して、なかから女の呻《うめ》き声のようなものが聞こえてきた。

(何だ……?)

立ち止まって、耳を澄ました。

どうやら妙子の声のようだ。だが、いつもとは違う。

喘ぐような激しい呼吸音のなかに、

「んっ……あっ……はぁはぁはぁ……ぁうぅぅ」

途切れ途切れの妖しい声が混ざっている。

(えっ……！　自分を慰めているのか？)

体の奥底から、何か途轍もない情動がうねりあがってきた。

恭一は滅多に二階にはあがらないから、油断をしているのかもしれない。

息を凝らして、耳をドアに押し当てる。

『ぁああ、俊夫さん、欲しい。あなたが欲しい』

今度ははっきりと妙子の声が聞こえた。

(そうか、妙子さんは今は亡き俊夫に語りかけるほどに、身体が寂しがっていたのか……！)

おそらく一周忌の間中、俊夫とのセックスを思い出してしまい、身体の奥が疼いていたのだろう。それを必死に押し隠してきたのだ。それで、夜になるのを待ち切れなかったのだろう。

妙子にしてみれば、亡き夫を偲んで、喪服姿で自分を慰めることが唯一の救いなのかもしれない。

一瞬、このまま部屋のなかにとも思ったが、すぐに、ダメだ、ダメだと自分を戒める。

（そうだ。隣の部屋からなら……）

息子の嫁のオナニーシーンを義父が覗いていいはずはない。だが、自分を止められなかった。

隣室へと足音を忍ばせて入っていく。そこは和室になっており、妙子との部屋の境には襖《ふすま》が閉められているが、その上の欄間《らんま》から寝室を覗くことができる。

不用心と言えば不用心だが、かつては、この部屋を息子が書斎として使っていたから、問題はなかったのだろう。

襖を少し開けてとも思ったが、さすがにそれでは見つかる可能性が高い。

丸椅子をそって運んできて、襖の前に置き、落ちないように慎重に座面にあがった。

唐草模様の透かし彫りになった欄間から顔をのぞかせると——。

見えた。

八畳の広縁つき和室には一組の布団が敷かれ、その上で、喪服姿の妙子が裾を乱し、大理石のような太腿を開いて、右手を喪服のなかに差し込み、

「あっ、あっ……はうぅぅぅ……！」

シニヨンに結われた黒髪を枕に押しつけながら、声を押し殺している。

(………!)

恭一は言葉を失った。

何か得体の知れない、物狂おしいものが体を満たし、喪服の黒ズボンをイチモツが一瞬にして突きあげる。

喪服と白い長襦袢の裾がまくれて、仄白い足がこちらに向かって開かれている。白足袋に包まれた小さな足がシーツを蹴るように擦り、右手が太腿の奥をさすっている。パンティは脱いだのだろうか、つけていない。次の瞬間、妙子の長い中指が雌芯へとすべり込んでいき、

「くっ……!」

妙子が顔をのけぞらせた。

妙子はこちらに足を向けているし、自分は高い位置から見ているので、恭一にはそのすべてを見ることができた。

しかも、妙子はほぼ真上を向いていて、目を閉じているから、欄間のほうを見ることはない。たとえ見たとしても、こちらは暗いから、恭一が動いていなければまずわからないだろう。

妙子は右手の中指を押し込んで、抜き差ししている。

そして、もう一方の手が喪服の襟元からなかに入り込み、胸のふくらみを揉みしだいている。

ぎゅうと乳房を鷲づかみにしたまま、右手の中指を叩き込んでいる。

恭一は見つからないように息を潜めているから、指が濡れた粘膜を引っ掻くネチッ、ネチッという淫靡《いんび》な音までも聞こえる。

「ぁああ、俊夫さん……どうして、わたしを置いて逝《い》ってしまったの？ 寂しいよ。身体が寂しい……ちょうだい。俊夫さん、ちょうだいよ……ぁああ、もっと、もっと激しく、強く。お願い！」

妙子は今は亡き俊夫にそう訴える。

おそらく妙子は、この一年で俊夫を忘れようとしてきた。

だが、今日の法要で俊夫を偲んだことによって、夫との充実していたセックスライフがよみがえってきて、喪服を着替える間もなく、自分を慰めざるを得なかったのだろう。

妙子が下腹部をせりあげた。

ブリッジするようにして、強張った左右の白い太腿の付け根に、指を激しく押し込んでいる。いつの間にか、指が二本に増えていた。

左手も下腹部に伸びてきた。

そして、クリトリスのあたりを指先でまわし揉みしながら、膣に押し込んだ二本の指で激しくそこを掻きまわし、

「ぁああ、足りない。これじゃぁ、足りない……どうしたらいいの？　俊夫さん、教えて。教えてよぉ……ぁあああ、くっ……くっ……」

妙子は足を大きく開いて、陰毛の房の底に指を押し込み、行き来させ、ブリッジするように腰を浮かせた。

淫らな粘着音が大きくなった。

このまま気を遣《や》るのかと思って、恭一もいきりたつものを握って、しごいた。

しかし、そこで突然、妙子は体位を変えた。

こちらに尻を向ける形で、布団に這った。

着物と長襦袢をまくりあげたので、象牙色の尻たぶがあらわになった。

三十四歳の未亡人のヒップは充分に熟れており、その肉の丸みが目に飛び込んでくる。

黒い喪服と白い長襦袢と、剝きだしになった真っ白で肉感的な尻――。

夢でも見ているようだった。しかも、飛び切りに淫らで、自分の願望を満たす夢を。

妙子の手が尻のほうからまわり込んで、膣口をとらえた。

二本の指が第二関節まで潜り込んでいき、抜き差しされる。

同時に、もう片方の手が腹部のほうから伸びてきて、漆黒の翳《かげ》りが流れ込むあたりを擦っている。

右手では膣を抜き差しし、左手ではクリトリスを転がしているのだ。

（そうか……妙子さんはこんなあさましい格好でオナニーをするのか……！）

妙子という理想的な女の、夜の顔をかいま見た気がした。

「ぁああ、あうぅぅ……いいの。いいのよ……ちょうだい。もっと激しく、妙子をメチャクチャにして。あん、あんっ、あんっ……」

そう喘いで、妙子はペニスと見立てた二本の指を激しく抜き差ししては、翳りの手前を、もう一方の手がまわし揉みする。

亡くなって一年が経過しているのに、いまだに亡夫のことを引きずっている妙子を限りなく愛おしい存在に感じた。

上から見る女豹のポーズはエロチックすぎた。

恭一は黒いズボンのベルトをゆるめて、上からブリーフの裏側へと右手を差し込んだ。

ギンとしている自分のイチモツに驚いた。ここのところ排尿器官に堕していた分身がものすごい勢いでいきりたっている。

握ってしごいてみた。

すると、尋常でない快感がうねりあがってきた。

見つからないように静かにイチモツをしごきながら、眼下の光景を見る。

尻のほうからまわした手指の動きが激しくなり、淫靡な音がする。

「ぁあああ、ぁあああ……イキそう……俊夫さん、わたし、イク……イク、イッちゃう……！　はうぅぅ！」

妙子がさしせまった声をあげて、指のストロークを止めた。気を遣っているのだろう。

指を挿入したまま、がくん、がくんと震えている。

こちらに向けられている白足袋に包まれた足がハの字に開いて、躍りあがっている。

（イッたんだな。妙子さん、この恥ずかしい格好で昇りつめたんだな！　おおぅ、俺も、俺も出そうだ！）

ブリーフのなかで、激しく勃起をしごいた。

（おおぅ、出そうだ。出そうだ……！）

いつの間にか目を閉じて、手しごきに夢中になっていた。

（もう少しだ。もう少しで……！）

迸《ほとばし》る寸前のものを強く擦ったとき、隣室で物音がした。

ハッとして視線をやったとき、妙子がこちらを見ていた。布団に横座りになり、喪服の裾を乱した妙子がびっくりしたように目を見開いて、こちらを見あげている。

透かし彫りの欄間越しに、目が合ったような気がした。

妙子がハッとして、乱れた裾を直すのが見える。

（見つかったか……！）

恭一もとっさに顔を引っ込める。

（どうしよう……今、確かに目が合った。俺が覗いていることを知って、妙子は喪服の裾を直したのだ！）

困惑、羞恥心、後悔、絶望感が一気に押し寄せてくる。

恭一はしばらく、動けなかった。

動けば気配が伝わってしまう。

隣室からも、妙子が動く気配は感じられない。きっと、お互いにどうしていいのかわからず、凍りついてしまっているのだ。

どのくらいの時間が経過したのだろう。

妙子の動きがないのを確かめて、恭一はそっと椅子を降りる。

それから、足音を忍ばせて、部屋を出た。

## 3

翌日、店舗の裏側にある厨房で、恭一は和菓子を作っていた。

餡を作るための小豆を煮るときの甘い香りがただようなかで、恭一は桜をかたどった生菓子を丹念にひとつひとつ形にしている。

兼六園や金沢城公園の桜も今が盛りで、桜の生菓子を出せるのもそろそろ終わりだろう。店では毎月、『季節のしらべ』と銘打って、上生菓子を出している。来月にはまた新しい四月の生菓子を出さなくてはいけない。

和菓子は日本の季節の移り変わりと関係が深く、とくに四季の花をかたどることが多い。

厨房では、息子の代わりに雇った職人の楠本陽介が真剣な表情で、小豆を煮る火力を調節している。

楠本は職人歴二十年の三十八歳で、生真面目な性格だから、仕事も丁寧で、絶対にいい加減なことはしない。

いつも眉間に縦皺を寄せているせいか、普通にしていても眉間に薄く縦皺が入ってしまっている。渋い顔立ちをしているし、仕事もできる。

若い頃に職人見習いの女と結婚したものの、すぐに別れて、それ以来、独身を通しているらしい。

真面目であり、腕も悪くはない。だが、今ひとつもの足らないのは、新しい和菓子を生み出すときの閃きのようなものだろうか？

しかし、こればかりは天賦の才能であり、他人が教えられるものではない。

洗い場では、作務衣を着た小柄な女性が一生懸命に器や道具を洗っている。

藤沢八重は息子が健在なときに、面白い子がいるから、やらせてみたらいいと推薦されて、雇った。

ここに来て四年目になる二十六歳。

ととのったかわいらしい顔をしているのに、気性は勝気で、そのへんが眉間のあたりに出ている。

何度か新作を作らせてみたが、思っていた以上にセンスが良くて、驚かされた。

さすがにまだ店に出すにはいたらないが、可能性を感じる。息子の目は間違っていなかったということだろう。

恭一は作り終えた生菓子を店に持っていく。

店舗には着物をつけた妙子がいて、商品をととのえていた。

恭一と目が合い、はにかんだ。

これまではなかったことだ。おそらく昨日、喪服オナニーを見られて、その羞恥心を今も引きずっているのだろう。

恭一も目を伏せて、桜の上生菓子をショーケースのなかに丁寧におさめる。

体の奥が熱い。

これまでにはなかったことだ。どうやら、昨日、妙子のオナニーを覗いてしまったことで、二人の関係が変わってしまったようだ。

だが、それは疎遠になるような質のものとは違う。むしろ、その逆だ。秘密を覗き、覗かれた者同士の不思議な親密感とでも言おうか。

だが、妙子は亡くなったとは言え、息子の嫁であり、うちの若女将である。踏みこえてはいけない一線がある。

和菓子を並べながら、ショーケース越しに妙子を見た。

落ち着いた、幾何学模様の入った小紋を着て、金糸の走る帯をきりりと締めている。結いあげられた黒髪からのぞく、楚々としたうなじについつい視線が行ってしまう。

老舗和菓子屋の若女将として、充分の品があるし、美しさもある。

あらためて、このままうちの店で働いてもらいたいと思う。

同時に、昨日の喪服の裾をはだけて、生々しく昇りつめていった妙子の姿が脳裏をよぎり、股間のものが反応した。

(ダメだ。何を考えているんだ……！)

自分を叱責し、

「頼むよ」

気持ちを落ち着かせて言うと、

「はい」

妙子が答えて、静かにうなずく。

恭一は厨房に戻った。

楠本が八重に、餡の作り方を教えている。

八重は真剣な表情で、言われたことをメモしている。

（いい目をしている……）

作務衣のユニホームに調理用の帽子をかぶった八重の大きな目がきらきら輝いている。その瞳に無限の可能性を感じて、恭一は胸を打たれる。

饅頭が蒸しあがるのを待って、蓋《ふた》を取ると、なかから水蒸気が昇り立ち、饅頭のいい香りがしてきた。


翌日の夜、風呂からあがった妙子がネグリジェ姿で、居間にいた恭一に向かって、

「では、休ませていただきますので……お休みなさい」

わざわざ挨拶をする。

「あ、ああ……お休み」

恭一もとっさにそう挨拶を返す。

と、妙子は微笑んで、部屋を出て、廊下を歩く足音が消えていく。

(おかしいな、いつもはお休みの挨拶などしないのに……どういうことだろう?)

恭一は頭をひねる。

それに、今夜は白い刺しゅうの付いたネグリジェを着ていた。あの清楚だがそのぶん、エロチックなナイティを見るのも初めてだ。いつもは、着やすいパジャマで寝ているというのに。

(どういうことだろう……もしかして、誘っているのか?)

いや、そんなはずはない。

だが、一昨日、一周忌のあとであれほど激しく自分を慰めて、昇りつめていったのだ。それに、絶対に恭一が覗いているのに気づいていた。それがわかっていて、あのエロチックなネグリジェを見せて、お休みの挨拶までしたのだ。

(まるで、わたしは今から部屋にあがりますから、お義父《とう》さま、よろしければ……と誘っているようじゃないか。いや、違うだろ? しかし……様子をうかがうくらい、許されるだろう)

迷った末に、恭一は立ちあがった。

すでに、風呂には入っていて、寝間着用に作務衣を着ている。

強く踏めば軋《きし》んでしまう木の階段を静かにあがっていき、二階の廊下に出た。

妙子の部屋の隣室に入り、この前のように丸椅子を持ってきて、その上に乗った。

唐草模様の欄間から隣室を覗く。

「あっ……！」

と、恭一は洩れそうになる声を口に手を当ててふさぎ、顔を引っ込める。

一瞬見えた光景が網膜に焼きついていた。

和風行灯《あんどん》風の枕明かりだけが点けられた部屋で、向かいの壁に背中をつける格好で上体を立てた妙子が、こちらを向いて座っていた。しかも、足を開いていた。

（まるで、自分が覗くのを待っているようだった……ということは、俺が覗くことを期待して待っていたんだ……）

暗黙の了解という言葉が脳裏をかすめた。

妙子も恭一も口や態度にははっきりと出してはいない。しかし、二人とも期待していることは同じなのではないか？

妙子はお人形さんではない。夫が逝ったあとでも、店の看板として店に出つづけてきた。しかし、その裏で、身体を持て余してきたのだろう。

三十四歳と言えば、まさに女盛り。身体も成熟して、オスを欲するときだ。それなのに、肝心の夫は呆気なく逝ってしまった。残された妻はきっと……。

（妙子さんだって、生身の肉体を持った熟れ頃の女性なのだ。そういう未亡人が、義父を性欲の解消をする格好の相手としてとらえたとしてもおかしくはないんじゃないか……）

自分を納得させて、恭一は静かに顔をのぞかせる。

欄間を通して、妙子と目が合った。

と、妙子は静かにうなずいた。

まるで、いいんですよ、覗いていてもいいんですよ……とでも言いたげに。

恭一はこくっと静かに生唾を呑む。

すると、妙子の立てられた足が少しずつ開いていくのが見えた。

白いネグリジェのまとわりつく左右の足がひろがっていき、M字に開いた。白い布地がめくれあがって、むっちりとした太腿がほぼ付け根までのぞいている。

柔らかな照明に浮かびあがった白い太腿が眩しい。

そして、妙子は右手を太腿の奥に差し込み、ゆっくりと女の証を撫でさすりはじめた。

右手の指が躍るように縦溝に沿って走り、

「んっ……あっ……」

妙子は目を伏せて、低く喘いだ。

左手が白いネグリジェ越しに、胸のふくらみをつかむ。

片方の乳房の頂上をつまむようにして、くりくりと転がし、

「あっ……あっ……」

仄白い喉元をさらした。

どうやら、妙子はブラジャーをしていないようだった。白いネグリジェ越しに胸の突起をあやし、こうしてほしいとでも言うように荒々しく揉みしだく。

顔がのけぞり、開いた足の指が反った。

いつの間にか、右手の中指が膣に入り込んでいて、妙子は体内を指で撥《は》ねあげては、ストロークさせ、

「あっ……あっ……いいの。いいの……」

すっきりした眉を八の字に折って、か細く喘ぐ。

その言葉が、まるで自分に向けているようで、恭一も高まる。

我慢できなくなって、作務衣のズボンのなかに右手を突っ込んだ。怖いほどにいきりたっている肉柱を握る。

（そうか……妙子さん、そんなにこれが欲しいか？　ほら、くれてやる。俺があんたを……！）

ごく自然に腰が動いていた。

知らずしらずのうちに、腰を前後に揺すり、熱くなった勃起を握りしごく。

（ぁああ、気持ちいい……！　自分だけでするオナニーとは全然快感が違う！　その数倍気持ちいい！）

思わず目を瞑っていた。

（いや、ダメだ。どうせなんだから、しっかりと目に焼きつけないと）

ふたたび目をカッと見開いた。

そのとき、妙子が立ちあがった。そして、着ていたネグリジェの裾をつまんで、引きあげ、頭から脱いでいく。

（き、きれいだ。そして、色っぽい！）

イチモツがびくんと頭を振った。それほどに、妙子の裸身は男をかきたてるものだった。

きめ細かい肌で、ミルクを溶かし込んだように色が白い。

全体にほっそりした均整の取れたプロポーションをしているが、胸も尻も発達していた。

上側の直線的な斜面を下側の充実したふくらみが支えた乳房は、おそらくDカップくらいだろう。ちょうどいい大きさで、ピンクがかった乳首がツンと頭を擡《もた》げていた。

濃いピンクの突起が、それとわかるほどに勃起して、上を向いている。

そして、ウエストは見事にくびれ、ほっそりとした細腰から立派な尻が急激にふくれあがっていた。

妙子には子供ができなかった。しかし、そのぶん、三十四歳にしてこの微塵の崩れもない素晴らしい肉体を維持してくれているのだ。

うっとりと見とれていると、妙子が布団の枕元に置いてあったものをつかんだ。包まれているハンカチを解いたとき、恭一は声が洩れそうになるのを必死にこらえた。

妙子が今手にしているものは、肌色の張形だった。

恭一も以前に妻との間で使ったことがあるから、それが何かはわかった。

硬質ゴムでできたそれは本物そっくりで、ゆるく反った本体の上部にリアルな亀頭部がふくらんでいる。

確か、ディルドーと呼ばれているもので、バイブとは違って、電動式ではない。

（妙子さん、あんなものを持っていたのか？）

俊夫が生きているときに、使ったものなのだろうか？　それとも、亡くなってから、妙子が孤閨《こけい》の寂しさを埋めようとして購入したものなのか？

わからない。ただ、妙子のような淑やかな女がこういう大人の道具を使おうとしていることに、驚き、昂奮した。

（そうか、それほど身体が男を欲しがっていたのか……！）

未亡人の悲しくもエロチックな宿命を感じた。

妙子は布団に座って、肌色のディルドーを右手でそっと握り、左手を添え、自分の口に近づけた。途中でちらっと上に視線をやって、恭一をうかがった。

きっと、欄間の隙間から、恭一のギラギラした目が見えたはずだ。

恥ずかしそうに顔を伏せて、左右の手で握ったディルドーを口許に近づけた。

そら豆の形に似た亀頭部を口に含むようにして、キスをした。それから、長い舌をおずおずと出して、そら豆の割れ目の部分を舐める。

本物だったら、裏筋の発着点にあたる個所にちろちろと舌を走らせ、そのまま舌をおろしていく動作だ。

片手で握ったディルドーの裏筋を舐めさげていき、途中から舐めあげる。それを繰り返されると、恭一はまるで自分のイチモツを舐められているような気がして、握りしめた分身が頭を振った。

上まで舌を這わせて、そのまま張形を頬張る。

形状は本物そっくりだが、明らかに本物より大きいサイズのディルドーをゆっくりと途中まで咥えて、ぐふっ、ぐふっと噎《む》せた。

それから、静かに顔を打ち振りはじめる。

(ああ、これは……初めてだ。こんなエロいのは初めて見た!)

一糸まとわぬ元息子の嫁が、美しくも艶めかしい裸身をあらわにして、本物そっくりの張形を一心不乱にフェラチオしている。

しかも、義父が欄間の向こうから覗き見していることがわかっているはずなのに……。

(見せてくれているんだな。妙子さんは俺におフェラするところを見せてくれているんだ!)

そう思うと、分身が一段とふくらんで、硬さを増した。

と、そこで妙子はディルドーを吐き出して、布団に仰向けに寝た。

こちらに足を向ける形で、足を開き、ディルドーを乳房から下腹部へとおろしていく。

(入れるんだな……嵌《は》めるところを見せてくれるんだな)

4

妙子は唾液でぬめ光るディルドーの頭部を花芯に押し当てて、ゆっくりと上下になぞった。

それから、力を込める。

正面の上からその光景を眺めている恭一には、肌色の張形が翳りの底に姿を消していくのがはっきりと見えた。

半分ほど挿入したところで、

「ぁあああ……!」

妙子はのけぞって、顎をせりあげる。

通常より大型の人工ペニスが途中まで、妙子のなかに嵌まり込んでしまっている。

恭一はひどく昂奮して、体が勝手に震えてしまっている。

ドクドクっと脈打つ熱い分身を強く握った。それだけで、もう放ちそうになった。

妙子は自ら膝を開いて持ちあげ、淫らな格好で自身の雌花に太く、長い張形を打ち込み、

「ぁあああ、ぁあああ……くうぅぅ」

艶《なま》めかしい声を洩らして、顔をのけぞらせる。

(あんないやらしい格好で……あさましいぞ。そんなに男が欲しいか……!)

恭一は心のなかで呟きながらも、ひどく昂奮していた。

妙子はゆっくりと張形を抜き差ししながら、

「ぁああ、いいの……いい……欲しい。お義父さま、欲しい!」

そうさしせまった声で言い、大きな目を見開いて、恭一を見あげてきた。

(………!)

自分が欲しいと呼びかけられて、恭一は困惑した。

覗き見なら許される。しかし、オナニーを見るのと、実際にその肉体をちょうだいするのとはまったく違う。

たとえ息子が亡くなっているとはいえ、息子の嫁だった女を抱くとなると、それは倫理観が許さない。

しかし、密かに惚れている女が、自分を欲しいと言ってくれているのだ。

(妙子さん……俺だって、あなたとしたい……)

迷っている間も、妙子は徐々にストロークのピッチをあげ、ディルドーを小刻みに体内に叩き込んでは、

「ぁあああ、気持ちいい……イキそう。恥ずかしい……イキそう……お義父さま、来て……早く!」

ぼうと潤んだ目で見あげてくる。

(ええい、もうどうなってもいい。たとえ鬼畜と言われようと……!)

恭一はもう自分の欲望を抑えることができなくなっていた。

丸椅子から降りて、襖を開けた。

近づいていくと、布団に両膝立ちになった妙子が、恭一の作務衣のズボンをつかんで、さげた。それから、ブリーフもおろして、足先から抜き取っていく。

恭一も足踏みするようにして、それを助けた。

自分でもびっくりするほどの雄々しい角度で、肉柱がそそりたっている。

それを見て、妙子がうれしそうに微笑んだ。

もう待ちきれないとばかりに、いきりたちの頭部にキスを浴びせ、裏のほうをツーッと舐めた。

根元から舐めあげてきて、そのまま上から頬張ってきた。

いきりたつものを右の手指で握り込んで、余っている部分に唇をすべらせる。

動きが止まった。なのに、分身には何かがねろねろとからみついている。

どうやら、妙子の舌のようだ。妙子は怒張を頬張ったまま、舌を裏のほうにからませて、擦ってくるのだ。

しかも、両方の頬がぺっこりと凹んでいるから、肉棹を吸ってくれていることがよくわかる。

バキュームしながら、舌をからませてくる。

時々、唾を啜る音がする。

勢いよくストロークすると、ぐちゅぐちゅといやらしい音がして、こぼれでた唾液があふれている。

（妙子さんが、こんなに淫らなテクニックを持っているとは……！）

自分は妙子を裕福で育ちのいいお嬢さまであり、それほどセックスには貪欲ではないのだと勝手に決め込んでいた。

だが、それは自分の見誤りだった。

そうでなければ、義父のペニスをこんなに美味しそうにしゃぶったりしないだろう。

そして、そんな妙子に対して、恭一はひどく昂揚していることに気づいた。

貞淑で上品で節度のある人だと思っていた妙子が、これほど女の欲望をあらわにしていることに、言い知れぬ昂奮を覚えているのだ。

妙子はいったん吐き出して、いきりたつものを腹部に押しつけ、皺袋に舌を届かせた。

白髪まじりの陰毛をものともせず、皺袋の皺をひとつひとつ伸ばすかのように丁寧に舌を走らせる。

顔を横に傾け、赤い舌で睾丸をもてあそびながら、時々、ちらっ、ちらっと見あげてくる。

普段は結われている黒髪が今は解かれて、つやつやした漆黒の髪が枝垂《しだ》れ落ち、その髪を邪魔そうにかきあげる所作が、何とも色っぽい。

睾丸から裏筋を舐めあげた妙子が、また上から頬張ってきた。

今度は右手で睾丸に触れて、やわやわとあやしてくれている。そうしながら、ゆったりと顔を打ち振って、いきりたちに唇をすべらせる。

「ぁああ、妙子さん……信じられないよ。あなたとこんなことを……」

気持ちを口に出すと、妙子は頬張って喋《しゃべ》ることができないその気持ちをぶつけるように、さっきより激しく大きく、唇をすべらせる。

「あっ、おっ……くっ……ぁあああぅぅ、気持ちいいよ」

思わず言うと、妙子は咥えたまままちらりと恭一を見あげ、目で微笑んだ。

いったん吐き出して、勃起の側面にフルートを吹くように唇をすべらせ、赤い舌を出してからませてくる。

そのまま亀頭冠の真裏に舌を伸ばし、ちろちろろっとあやした。

それから、また唇をかぶせてくる。

今度は顔を斜めに向けたので、自分の勃起が頬の内側を擦って、妙子の繊細な頬がぷっくりと異様にふくらみ、それが移動する。

ハミガキフェラである。

女房でさえしてくれなかったハミガキフェラを、妙子は初めて相手をする男で、義父であった恭一に対して惜しげもなく披露してくれている。

(何て女だ……！　俺はこの女から逃れられなくなるんじゃないか？)

もと義父と息子の嫁として、ひとつ屋根の下で禁断の関係をつづけていく二人を思った。

妙子は自分の頬が醜くふくらむのをわかっていながら、左右の頬に亀頭部を擦りつけた。

それから、まっすぐに頬張ってくる。

こんどは根元を握って、かるくしごいた。それと同じリズムで、顔を打ち振って、余っている部分に唇を往復させる。

気持ちが良かった。

根元を強く圧迫されると全体が鈍重な悦びに満ちてくる。そこに、敏感な亀頭冠のくびれに唇と舌を引っかけるようにぐちゅぐちゅと往復される悦びが重なってきて、ジーンとした痺れにも似た歓喜がうねりあがってきた。

このまま出すより、妙子とひとつになりたかった。

妙子をこのギンとしたイチモツで、貫いてやりたかった。

「ぁああ、妙子さん……あなたのなかに入れたい。あなたとひとつになりたい」

思わず訴えていた。

すると、妙子は肉棹を吐き出して、

「男と女になったら、わたしたちは獣になってしまう。きっと、後悔します。罪悪感で押し潰されます。ですから、これで我慢してください。わたしも我慢しますから」

恭一を見あげて、言った。

乱れ髪からのぞくきらきらした目には涙さえ浮かんでいる。

「だけど、あなたはさっきオナニーしながら、お義父さま、来てと言っていたじゃないか」

「お義父さまが覗いていらっしゃるのを見たとき、子宮がカッと熱く燃えました。今もそれがつづいているんです。でも、一線を越えることはできません。せめてお口で……」

「そうか……あなたがそう言うなら、無理強いはしない。できれば、さっきの張形を俺にも使わせてくれないか？　あれなら、いいんだろ？」

恭一が提案すると、妙子は静かにうなずいた。

「恥ずかしいわ。お義父さまにここをお見せするなんて……」

妙子は羞じらいながらも、濡れたディルドーを恭一に手渡した。

恭一は仰向けに寝転んで言った。

「シックスナインをしたいんだ。いいか?」

妙子はうなずいて、尻を向ける形で上にまたがってきた。

恭一の目の前には、丸々とした尻がせまり、双臀の底には女の花がきらきらと濡れ光って、わずかに花びらをひろげていた。

(ああ、ここが妙子さんの……!)

ふっくらとしたモリマンだが、陰唇はその縁が蘇芳色《すおういろ》に変色している以外はびっくりするほどのピンクで、鶏頭《けいとう》の花のように波打っている。

笹舟形の下方には包皮をかぶった肉芽が突き出ており、よじれた肉びらの上方には膣口らしき窪みがひめやかに息づいていて、周囲がべとべとに濡れていた。

「いや……あまり見ないで。恥ずかしいわ」

妙子がくなっと腰をよじった。

次の瞬間、恭一は誘われるように顔を寄せて、花肉を舐めていた。

ぬるっ、ぬるっと狭間に舌を走らせると、

「あっ……あっ……ぁあああ、くうぅぅ」

妙子は気持ち良さそうな声を洩らして、恭一のイチモツをぎゅっと握ってきた。しなやかな指がからみつくのを感じながら、恭一は狭間に何度も舌をすべらせる。ほとんど本能的だった。

もう何年もセックスしていない。

それでも、自分がかろうじてクンニの仕方を覚えているのが不思議だった。

ぬるっ、ぬるっと粘膜が舌にまとわりついてきて、妙子は「あっ、あっ」と背中を反らせ、肉棹を握りしめてくる。

甘酸っぱい性臭が鼻孔に忍び込み、それを吸い込むと、下腹部のものがいっそうギンとしてきた。

下方にある肉芽を舌で弾いた。

指で包皮を剝きあげ、小さな突起を舌でれろれろと刺激する。

「ぁああ、あああ……気持ちいい……あうむ」

下腹部のイチモツが湿ったものに覆われた。妙子が逆方向から頰張ってきたのだ。

すぐにストロークはせずに、なかでねっとりと舌をからませてくる。

（おおぅ、気持ちいい……チ×コが蕩けていくようだ）

うねりあがる快感に満たされながらも、恭一は肉芽を舌であやした。

横に弾き、チューーッと吸い込むと、

「んんんん……！」

妙子は凄絶に呻き、がくん、がくんと震えた。

どうやら、クリトリスを吸われるとひどく感じるようだ。

恭一は肉芽を伸びるほどに吸いよせる。断続的にチュ、チュッ、チューーッと吸い込むと、妙子は肉棹を吐き出して、

「ぁあああ、ダメっ……欲しいの。お義父さま、張形が欲しいの……入れて。入れて！」

さしせまった様子で、尻をくねらせる。

恭一は近くにあった肌色のディルドーをつかみ、すでに淫蜜まみれのそれを、慎重に押し込んでいく。

標準サイズのペニスよりやや大きく、そら豆に似た亀頭部もカリが張っている。

それをひねりながら押し進めていくと、切っ先が膣口を押し広げていく確かな感触があって、

「あ、ぐっ……！」

妙子が背中を弓なりに反らす。

何もしなくても、膣が勝手に収斂《しゅうれん》して、ひく、ひくっと張形を内へ内へと吸い込もうとする。

(これはすごい……挿入したら、さぞや気持ちいいだろうに)

無念に思いつつも、ディルドーを右手で出し入れする。

最初は粘膜ががっちりとからみついてきて、その締めつけでストロークさせることも叶わなかった。それでも少しずつすべらせていくうちに、やがて、膣が潤ってきたのだろう。ストロークがしやすくなった。

だが、ディルドーは半分ほどしか入っていない。

それ以上打ち込もうとすると、強い抵抗にあって、阻まれる。

恭一が手こずっている間にも、妙子のフェラチオが苛烈さを増した。

下腹部から湧きあがる快美感をぶつけるように、激しく唇を往復させて、ジュブッ、ジュブッと音をさせて、いきりたちを唇でしごいてくる。

「おおう、くっ……」

ひろがってくる快感をこらえて、恭一もディルドーを強く打ち込んだ。

いつの間にか、亀頭部が深いところに嵌まり込み、動きもスムーズになっている。

抜き差しするたびに、白濁した汁がすくいだされて、陰毛に伝っていく。

ここに来て、恭一は長期間のブランクを乗り越えて、かつての調子を取り戻していた。

「よく見えるぞ。大きなオチ×チンが妙子の小さなオマ×コをズブズブ犯している。丸見えだ。お前のケツの穴まで見える。小さな菊がひくひくと窄まったり、ひろがったりしている。その下ではデカチンがお前のオマ×コを犯している」

そう言うと、恥ずかしいのか、妙子が肉棹を咥えたまま、いやいやをするように首を左右に振った。

恭一は右手で大型ディルドーを抜き差ししながら、左手でアヌスの窄まりをいじってみた。

すると、妙子は激しく尻を振って、いやいやをした。それでも、アヌスに指を添えてマッサージすると、腰の動きが止まった。

そして、小さな菊の花をひくつかせながら、むしろ、もっとしてと言わんばかりに尻を突き出してくる。

もっと深くディルドーを嵌めてほしいのか、それとも、アヌスに指を挿入してほしいのか、どっちだろう？

判断のつかないまま、ディルドーを押し込みつづけていると、妙子の気配がさしせまってきた。

いったん、肉棹を吐き出して、

「ぁああ、イキます。お義父さま、わたし、もうイキます」

さしせまった様子で、訴えてくる。

「いいぞ、イッて……俺ももう少しで出そうなんだ。指でぎゅっと握って、唇でしごいてくれれば……」

わかりました、とでも言うように妙子はうなずき、ふたたび肉棹に貪りついた。

根元を握って、しなやかな指で上下にしごきながら、それに合わせて、唇を激しくすべらせる。

指と口の動きがぴたりと合って、強い摩擦となめらかな口腔を感じたとき、恭一にもあの感覚が訪れようとしていた。

射精前に感じるジーンとした痺れるような熱い昂り——。

「ぁああ、出そうだ。妙子さん、出そうだ」

「ああ、お義父さま、出してください。わたしも、わたしもイキそうです……もっと、もっと奥を捏《こ》ねてください」

「こうか……？」

「ああ、それ……イクイク……」

その間、指で肉棹をしごいていた妙子が、また頬張ってきた。

「んっ、んっ、んっ……」

くぐもった声とともに、手指と口で分身を激しくしごかれたとき、ついにその瞬間がやってきた。

「出るぞ、出る……妙子さんも、イッていいんだぞ。そうら、イケ……そうら」

つづけざまにディルドーを打ち込むと、

「イグ、イグ、イグ……あおおおむ……！」

妙子が昇りつめながらも、吸いついてきた。

ディープスロートとバキュームフェラの合わせ技に、恭一もしぶかせる。

下腹部が突っ張り、脳味噌がとろとろ蕩けていくようだ。

こんなすさまじい快感を得たのは、いつ以来だろうか？　思い出せない。

そして、妙子はがくん、がくんと躍りあがりながら、口腔に放たれる白濁液を受け止めている。

打ち終えたとき、そこで初めて、妙子が口に溜まった精液を呑んだ。

こくっ、こくっと小さな唾音を立て、自分の精液を嚥下《えんげ》している妙子を見て、恭一は身震いするような激情を感じた。

# 第二章　和菓子のように柔らかく

## 1

仕事を終えて、恭一はお手伝いさんの作った夕食を母屋のダイニングで妙子とともに食べていた。ダイニングは洋式で、二人はダイニングテーブルに向かい合う形で椅子に座っている。

妙子は和服を脱いで、洋服に着替え、髪をおろしていた。

何の変哲もないニットにスカートだが、妙子が身につけると、楚々《そそ》とした優美さが滲む。

だが、今日はいつもと雰囲気が違う。

妙子に口内射精してもらってから、二人の仲は親密になった。

正確に言えば、性的なことをして、お互いの恥をさらしあった男と女にしか持てない、柔らかな空気がただようようになった。

しかし、今日はちょっと様子がへんだ。ふとした折りに、考え込むような表情をする。

（おかしいな……どうも最近の妙子さんじゃない。何かあったか？）

食べ終えて、お茶を啜っているときに、思い切って訊いてみた。

「いつもと様子が違うね。何かあったんだろ？　よかったら、聞かせてくれないか？」

妙子はちらりと恭一を見て、かるくウエーブした髪をかきあげ、何か言いかけて口を噤《つぐ》んだ。

「教えてくれ。妙子さんのことは正確に知っておきたいんだ」

「じつは、さっき楠本さんに……」

そう言って、妙子が唇を嚙んだ。

「えっ、楠本が？　あいつがどうした？　妙子さんに何かしたのか？」

「いえ、そうではありません。ただ、あなたが好きだ。つきあってもらえないかと……」

　妙子がまさかのことを口にした。

「あいつ……！」

　一瞬、腹が立った。妙子が言った。

「楠本さんはここに来てから、ずっとわたしが好きだったと……でも、若女将は夫を亡くして間もないから、耐えてきたと……でも、もう一周忌を終えたから、そろそろ思いを告げてもいいんじゃないかと……それで、打ち明けさせてもらったとおっしゃっていました」

「……！」

　様々な思いが込みあげてきた。

（楠本の野郎、まだここに来て一年経たないうちに、若女将に告白するとは！）

　楠本に腹が立った。たぶんそれは、妙子も楠本のことを意識していることに薄々気づいていたからだ。

　楠本は腕があるわりには腰が低く、若女将である妙子の言うことにもきちんと耳を傾ける。

　そのせいもあってか、妙子は自分よりも楠本と打ち合わせをしているときのほうが、リラックスしているように見える。

(俺は楠本に嫉妬しているのか……?)

昂る自分に、落ち着けと言い聞かせた。

冷静に考えたら、むしろこれはこの店にはいい兆候のはずだ。

先日、兄が言っていたように、未亡人若女将の妙子が、楠本のように腕の立つベテラン職人と再婚すれば、店は上手くまわる。

恭一も楠本ならば、安心して跡継ぎにできる。

代々の血が途絶えるのは残念だが、息子があの世に行ってしまったのだから、もうそれは諦めるしかない。

(しかし……俺はそれを認めることができるのか? ひとつ屋根の下で、夫婦になった楠本と妙子が一緒にいることを認められるのか? できない。それは絶対に無理だ! しかし、妙子の本当の気持ちはどうなのだろう?)

恭一はそこを本人に問うてみた。

「それで、妙子さんはどうなんだ? 楠本のことをどう思っている?」

「……今、うちには必要な職人だと思います」

「そうじゃなくて、男としてどう感じているかってことだ」

「それは……」

妙子が口ごもった。

その曖昧な態度が、恭一を憤らせた。

「残念だが、楠本はその器ではない。妙子とつきあえるような器でもないし、うちの四代目を継ぐ器でもない。だから、断りなさい。いいね？」

「……はい」

そう答えたものの、妙子は心の底から納得していないような気がした。

「きっぱりと断るんだ。妙な仏心を出すと、かえって禍根《かこん》を残す。お互いに仕事がしにくくなる。職人としては高く評価しているし、今のうちには必要な人だ。しかし、『ゴメンなさい。男としては見られません』とはっきり言うんだ。いいね？」

「はい」

今度は、妙子は納得したようだ。

そして、楠本が妙子に告白をしたということが、恭一の体の底で眠っていた何かを起こした。

「……今夜、部屋に行っていいか？」

これまで言わなかったことを、口にしていた。

妙子は上目遣いに恭一を見た。しかし、肯定も否定もしない。

「妙子さんが風呂から出て、部屋にあがったら、行くから」

強引に認めさせた。

すると、妙子は席を立ち、食器を片づけはじめた。

2

その夜、恭一は妙子の部屋の隣室の襖を少し開けて、そこに胡座《あぐら》をかいていた。

そして、隣の和室では、白いネグリジェを着た妙子が、壁に背中を凭《もた》せかけて座り、こちらに向けて足を開いている。

片方の手がネグリジェの上から乳房を揉みしだき、もう一方の手が立てられた膝の奥へと差し込まれて、翳りの底を白い指が舞っている。

「あっ……あっ……」

妙子は抑えきれない声を洩らし、顔をのけぞらせる。長い黒髪が乱れて、肩や胸元に散っていた。

恭一はその姿を見ながら、作務衣のズボンのなかに手を入れて、いきりたつものを握っている。

ここに来て、部屋に入ろうとしたら、それを止められた。

『それ以上はいけません。今も当主はわたしの雇い主であり、お義父さまなんです。だから、これで我慢してください。わたしも我慢します』

そう切々と訴えられると、認めるしかなかった。

「んっ……あっ、あっ……ぁああ、恥ずかしい……いや、いや、いや……」

妙子の声がして、指づかいが活発になった。

白いネグリジェの胸を盛りあげたふくらみの頂点には小さな突起がせりだし、妙子はそれをつまんでくりくりと転がした。

そうしながら、右手の指で翳りの底をなぞっている。

「あっ……！」

妙子が顎をせりあげた。

見ると、右手の中指が太腿の奥に半ば姿を消していた。

その指が激しく内部を掻きまぜ、叩き、

「あっ……あっ……見ないでください。ぁあああ、いや、いや、いや……」

そう口走りながら、妙子は首を左右に振った。

つやつやとした漆黒の髪が揺れて、がくん、がくんと肢体が震える。

立てられた左右の足がぎゅうと内側に折り込まれたり、反対にひろがったりする。足の親指が反りかえる。

妙子は恭一の見ている前でも、気を遣りたがっている。二人は挿入行為をしていない。だが、シックスナインも経験しているし、妙子は恭一の使う張形で昇りつめた。

(本当は俺を求めているのだ。そして、俺も……!)

恭一は立ちあがって、二つの部屋の境界を越えた。

近づいていくと、妙子がハッとしたように表情を強張らせて、恭一を怯えたような目で見た。

恭一は妙子の前で止まり、作務衣のズボンとブリーフをおろした。

六十八歳にして、臍に向かっていきりたつ肉棹が誇らしかった。

頭部を引き寄せ、ギンとしたもので口を割ろうとすると、一瞬、妙子がいやがって、顔をそむけようとした。

その顔を正面に向かせて、いきりたつものを口に押し当てた。

すると、妙子は涙ぐんだような目で恭一を見あげた。それから、目を伏せて、おずおずと口を開け、それを迎え入れる。

恭一は自分から腰をつかって、勃起を抜き差ししていた。

自分でもどうしてこんなに気持ちが昂るのか、不思議だった。

（そうか……楠本のせいだ。やつが、妙子さんに告白をしたから、俺は妙子さんをあいつに奪われまいと、昂っているんだ）

ぐいぐいと打ちこんでいくと、切っ先が喉を突いたのか、妙子がえずいて、肉棹を吐き出した。

「ぐふっ、ぐふっ」と咳をした。見あげたとき、その目が涙ぐんでいて、急に妙子が可哀相になった。

「ゴメン。悪かったな」

「いいんです」

そう言って、今度は妙子が自ら顔を寄せてきた。

そそりたつものの裏筋をツーッ、ツーッと舐めあげ、亀頭冠の真裏にちろちろと舌を走らせる。

それを数回繰り返して、ぐっと姿勢を低くした。

何をするのかと思っていると、睾丸を舐めてきた。股ぐらに顔を突っ込むようにして、皺袋に丹念に舌を這わせる。

(ああ、こんなことまで……！)

妙子は邪魔になる黒髪をかきあげ、皺のひとつひとつを伸ばすかのようにねっとりと睾丸を舐める。

次の瞬間、片方の睾丸が消えた。

それは消えたのではなく、妙子の口のなかにおさまったのだ。

そして、妙子は口のなかでキンタマにそろそろと舌をからませながら、右手で肉柱を握って、時々しごく。

(すごい。こんなことができるのか！)

睾丸を舐められたことはあるが、頬張られたのは初めてだ。

(六十八歳にして初めての体験というのもあるんだな)

しかも、それをしているのは息子の嫁だった女だ。

なおかつ、普段は品が良く、淑やかである。そんな女が男のキンタマを頬張っている。

ご奉仕をするのが好きなのだろう。そう言えば、息子が生きているときも、

『妙子は尽くしてくれるから、助かるし、愛おしいんだ』と嫁自慢をしていた。

(悪いな、俊夫。お前が先に逝ってしまうから、いけないんだ。許してくれ。残された者にはそれぞれの人生がある。妙子もな……だから、目を瞑ってくれ)

妙子が見あげてきた。

恭一の股ぐらに潜り込んで上を向く。乱れ髪が顔に散り、髪の隙間からぼぅとした潤んだような目が見える。

そして、妙子の口には、恭一の睾丸がおさまっているのだ。

(妙子さん……あなたのためなら何だってしてやるからな)

尽くしてくれる相手には、自分も尽くしてやりたい。

妙子が睾丸を吐き出して、裏筋に沿ってツーッと舐めあげてきた。舌を離さずに、そのまま上から頬張ってくる。

右手で根元のほうを握り、ぐっと引きおろし、完全に剝けた亀頭冠に唇をかぶせてきた。

ゆったりとすべらされるだけで、ジーンとした快美感がうねりあがってくる。

(ああ、気持ちいい……天国だ)

恭一はもたらされる快感を目を閉じて、味わう。

これ以上の至福があるとは思えない。

妙子が指を離して、口だけで頬張ってきた。

血管の浮かんだ肉柱の先端から根元にかけて、ゆっくりと唇をすべらせる。

根元から唇を引きあげながら、吸ってくれる。

左右の頬がぺこりと凹み、いかに強く吸引しているかがわかる。

ゆるゆると動いていた唇が止まり、そこで、舌がからんできた。肉柱の下側、裏筋の発着点である包皮小帯をねろり、ねろりと舐めてくる。その舌の動きがはっきりとわかる。

強く吸ったとき、唾液がジュルルッと卑猥な音を立て、妙子はその音を恥じるように動きを止めた。

ゴメンなさいとでも言うように、見あげてくる。

「いいんだよ。いやらしい音がしたほうが、昂奮する。エッチな音を立ててくれて、かまわないから」

恭一はやさしい気持ちで言う。

それから、考えていたことを告げた。

「悪いけど、オナニーするところを見せてくれないか？　つまり、咥えながらだけど……」

この前、妙子の喪服のオナニーを見てから、オナニーを見たいという欲望がつづいていた。

妙子は一瞬、ためらったが、すぐに手をおろしていった。

左手で白いネグリジェを押しあげて胸のふくらみを揉みしだき、裾から右手を差し込んだ。

ネグリジェで隠れて、はっきりとは見えない。しかし、裾からはみ出した右腕の動きで、太腿の奥をまさぐっていることがわかる。

妙子はそうやって自らを慰めながら、義父のイチモツを頬張り、なかで舌をからませてくる。

(そうか……オナニーしながら顔を振るのは難しいんだろうな)

ならばと、恭一は自分から腰をつかった。

ギンとしたイチモツが妙子の唇をすべって、口腔を犯す。

妙子はそれを受け止めて唇をからめながらも、自ら胸のふくらみを揉みしだき、ネグリジェの裏側をまさぐりつづけた。

「気持ちいいか?」

訊くと、妙子は頬張ったまま見あげてくる。

切れ長の目が妖しく濡れて、ぼうとしている。その快楽を伝える表情が恭一をかきたててくる。

「そのままだよ。妙子さんの顔を見たい。そのままだよ」

言い聞かせて、ゆっくりと慎重に腰をつかった。

いきりたつ肉柱がふっくらとした赤い唇を犯し、唾液があふれた。イチモツが唾液まみれになって、てらてらと光っている。

必死に見開いていた妙子の瞼が閉じた。

「ぁあおお、あおお……」

太い肉棹を咥え込んだ口から、くぐもった声を洩らして、妙子はがくっ、がくっと揺れはじめた。

「気持ちいいんだね？」

訊くと、妙子は頬張ったままうなずく。

「こちらを見て」

妙子が静かに目を見開いた。

そして、じっと恭一を見あげてくる。その目が潤みきって、何かを訴えかけている。

「どうしたいんだ？　イキたいのか？」

妙子がうなずいた。

「俊夫が逝ってしまって、寂しかったんだな？」

訊くと、妙子が「はい」とでも言うようにうなずいた。

「悪かったね。あなたをこの店に縛りつけてしまった。だが、もう少しこの店の顔でいてくれないか？　俺が俊夫の代わりになる。妙子さんの寂しさを埋めさせてくれないか？」

恭一は怒張を口から外し、妙子が着ている白いネグリジェをまくりあげて、頭から抜き取る。

一糸まとわぬ姿の妙子は、和紙の張られた行灯風明かりに裸身を照らされて、仄白い肌が艶めかしい。

恥ずかしそうに胸を腕で隠した妙子を、そっと布団に寝かせた。

自分も作務衣を脱いで、裸になった。

すると、妙子が「いやっ」とでも言うように、反対側を向いて横臥した。

「どうした？」

「いけません。当主はわたしにとって、いつまでもお義父さまなんです。今も……だから、一線を越えることはできません」

「わかった。入れはしない。それなら、いいだろ？　先日だって、そうだった。それは守るよ」

「じゃあ、そのときは……」

妙子は枕元に置いてあったディルドーを包んであったハンカチを外して、敷いたハンカチの上に載せた。

「これを使ってください」

「……わかった。心配しなくていい。そうするから」

恭一は安心させて、妙子を仰向けにさせる。その両手を肘のあたりをつかんで頭上に押さえつけた。

「いやっ……！」

妙子は乳房をあらわにされて、大きく顔をそむける。

両手を万歳の形にあげられて、腋の下や乳房を無防備にさらした妙子――その姿ははかなげな女の色香をたたえていて、じつに悩ましい。

（俺はこの身体を前に、本当に約束を守れるのか？　我慢できるのか？）

自分が不安だった。

（いや、我慢できる。俺は忍耐強い）

自分に言い聞かせて、顔を寄せた。唇についばむようなキスを浴びせ、そのままキスをおろしていく。ほっそりとした首すじを舐めると、

「んっ……！」

びくっとして、妙子は顔をのけぞらせる。

ねじれた首すじから鎖骨、さらに、胸のふくらみへとキスを移していく。なだらかな裾野から急激にふくらんでいく乳房へと、舐めあげた。

さらに、青い血管が透け出るほどに張りつめた白い乳房の頂にキスをすると、

「あんっ……！」

妙子は随分とかわいい声をあげて、びくんとする。

恭一は腕から手を離して、ふくらみをつかんだ。

柔らかく、しっとりとして、適度に弾力のある乳房が指を包み込みながら、押し返してくる。

「柔らかな胸だ。まるで、求肥《ぎゅうひ》のようだ。こんな求肥を作ってみたいものだ」

思わず言うと、妙子が恥ずかしがった。

求肥とは、たとえば大福の皮をそう言う。白玉粉や餅粉に水分を加え、砂糖や水飴を入れて練りあげたもので、そのもっちりとした触感が癖になる。

餅は時間が経てば硬くなるが、求肥はいつまで経っても柔らかさを保っている。さらに粉がかけてあるから、表面はさらさらだ。

『山村』の名物である『やまむら餅』もしっとりしたこし餡を、うちで練りあげた柔らかく、もっちりとした求肥で包んだものだ。

「素晴らしいよ。妙子さんのオッパイは求肥以上だ」

そう言って、透きとおるようなピンクの乳首に顔を寄せた。

いっぱいに出した舌で下から舐めあげると、突起が擦れて、

「あんっ……！」

妙子がまたかわいい声をあげた。

その思わず洩れてしまったという刹那的な喘ぎが、恭一の男心をかきたてる。

(かわいい人なんだな。俊夫はこんないい女を残して逝ってしまったのか……さぞかし無念だっただろう。俺が、俊夫の代わりとして、お前をかわいがってやるからな)

恭一は深い愛情を込めて、乳房を揉みしだく。ピンクの乳首を上下に舐めてい

ると、突起が硬くしこってきた。

(敏感なんだな。三十四歳と言えば、女盛り。この一年間、可哀相なことをした……俺が空閨を埋めてやる)

右の次は左の乳首へと口を移し、硬くなってきた芯をねっとりと舐めまわし、それから、上下左右に強めに舌で弾いた。

そうしながら、もう片方の乳房をつかみ，その求肥に似た乳房の感触を味わう。

つづけていくと、妙子の気配が変わった。

「ぁああ、あああ……」

陶酔したような声をあげる。

見ると、漆黒のビロードみたいな光沢を持つ下腹部の翳りが、ぐぐっ、ぐぐっとせりあがっている。

女のなかには、感じてくると、腰が動く者がいる。

妙子もそうなのだろう。

乳首を愛撫される快感が下半身にも及び、なかを刺激してほしくて、ごく自然に腰が動いてしまうのだ。

自分の欲望に素直な女はかわいいし、エロい。

下腹部を触ろうかと思った。その前にしたいことがあった。

恭一は妙子の左腕をつかんで、ぐいとあげる。

そして、あらわになった腋の下に顔を寄せた。

「あっ……いけません！」

妙子が肘を締める。

「ここが好きなんだ」

恭一はまたぐいと肘をあげさせて、腋窩《えきか》に顔を埋め込んだ。

きれいに剃毛された腋の窪みは、甘酸っぱい香りをこもらせていて、そこを舐めると、

「あっ……！　あっ！」

妙子はびくっ、びくっと身体を痙攣させる。

「いけません。当主がこのようなことをなさっては、いけま……ぁああうぅ」

腋の下から二の腕にかけて舐めあげると、妙子の様子が一変した。

腋窩から二の腕にかけて、何度も舌を往復させるうちに、

「ぁああ、許して……もう、許してください。ぁあああ、切ない。お義父さま、切なくてどうにかなってしまう……」

そう喘ぐように訴えては、下腹部の翳りをぐいぐい突きあげてくる。

3

恭一は顔をおろしていき、枕を妙子の腰の下に置いた。

こうすると、膣の位置があがって、クンニがしやすくなる。

恭一はすでに六十八歳で、体の柔軟性も落ちているから、セックスで無理な体勢は取りたくない。

足の間にしゃがみ、両膝をすくいあげると、

「ぁああ、恥ずかしい！」

妙子は左右の足を内股にした。それをぐいと押し開いて、太腿の奥に顔を寄せる。

甘酸っぱさのなかにわずかな潮だまりを思わせる芳香が、ふわっと包み込んでくる。

濃く密生したビロードのような陰毛が長方形にととのえられ、その流れ込むあたりに女の媚肉が花を咲かせようとしていた。

土手高でふっくらとした陰唇が褶曲して重なり合っている。が、下のほうは開いて、そこから鮮やかな鮭紅色のぬめりが顔をのぞかせていた。

顔を寄せていき、狭間を舐めた。

ゆっくりと上へ上へと舌を這わせるうちに、肉びらが花のようにひろがって、内部の赤みがぬっと現れた。

次第に潤滑性が増して、ぬるっ、ぬるっと舌がすべる。

あふれだしてくる蜜をすくいとるたびに、

「あっ……あっ……」

妙子はあえかな喘ぎを洩らして、顔を左右に振る。

女が感じてくれると、男も昂る。自分の愛撫に自信が持てる。

先日、妙子とシックスナインをするまで、ひさしく女体に接していなかった。もう愛撫の仕方は忘れていた。なのに、こうしてふたたび女体を前にすると、徐々にやり方を思い出す。

笹舟形の上方に、雨合羽のフードのようなものをかぶった小さな突起が見える。

先日、オナニーするときも妙子はさかんにここを指でいじっていたから、やはりクリトリスが強い性感帯なのだろう。

狭間を舐めあげていき、そのままピンと舌で突起を弾くと、

「あぐっ……！」

鋭く反応して、妙子が腰を浮かせた。

（確か、こういうときは包皮を剝くんだったな）

恭一は右手の指でフードの根元を引きあげた。すると、くるっと包皮が剝けて、
淡い色の肉真珠がこぼれでる。

とても小さい。

それでも、そこに舌を当てて、ゆっくりと上下に舐め、左右に弾くと、妙子は
両手でシーツをつかんで、

「うあっ……あっ……ぁあああ、くうぅぅ」

さしせまった声を洩らして、のけぞった。

「気持ちいいのか？」

肉芽に顔を寄せたまま、訊いた。

「はい……おかしくなる。これをされると、おかしくなってしまう」

「おかしくなっていいんだぞ。そうら、どうしたらもっと気持ち良くなる？」

「……吸って……吸ってください」

「こうか？」

　恭一は肉芽にしゃぶりついて、根元から吸いあげる。

　チューッと深く吸うと、陰核が口のなかに伸びてきて、

「ぁあああああぁぁ……！」

　妙子は一段と激しい声をあげて、いけないとばかりに口を手で押さえる。

（そうか、やはり吸われると感じるんだな）

　恭一は今度は断続的に吸ってみた。チュ、チュッ、チュッとリズムをつけて吸引したとき、

「あっ……あっ！　あっ！　ぁあああ、許してぇ！」

　妙子は口では許してと言いながらも、ブリッジするように腰を浮かせる。

　恭一が吸引をやめると、がっくりと腰を布団に落として、

「はぁはぁはぁ……」

　息を弾ませる。

　ここまで感じてくれたことに満足を覚えながら、恭一は狭間をゆったりと舐める。潤みを増した粘膜はまったりと舌にからみつき、

「ぁあああ、気持ちいい……いいんです。ぁあああ、あああ、もう、もう欲しい。

お義父さま、それを……」

妙子が肌色のディルドーに視線をやった。

本当はギンと力を漲らせている自分の分身で、妙子の欲しがっているオマ×コを貫きたかった。

だが、妙子は息子の嫁だったという事実が、恭一をためらわせる。

(しょうがない。今はこれで我慢しよう)

ディルドーを取った。

肌色でラテックスの弾性ゴムでできたそれは、実際に触ってみると、想像より表面が柔らかい。

形はリアルそのものだ。

亀頭部が張っているし、そこからつづく裏筋も裏に走っている。血管も浮き出ているし、下のほうにはふた山の睾丸のようなものがついていて、それがリアルさを増していた。

底のほうに吸盤がついているから、きっと平たい床に吸いつかせて、固定し、その上に女がまたがるのだろう。

自分は男だから試すことはできない。しかし、この本物そっくりの張形は見た目だけでも女性の被虐心を充分満たすものだろう。

この前見たときには、妙子は最初にこれを舐めて、唾液で濡らしていた。

「どうする？　濡らしたほうがいいんだろ？」

気になったことを訊いてみた。

「はい……貸してください。見ないでくださいね」

手渡されたディルドーを、妙子は自らの口に持っていて、側面を舐めて唾液でまぶした。それから、口をいっぱいに開けて、フェラチオするように頬張った。

ちゅるっと吐き出して、それを恥ずかしそうに恭一に渡す。

てかつく張形を恭一は、そっと花芯に押し当てた。

濡れた亀頭部で狭間をなぞると、肉びらがひろがって、赤い内部が姿を現す。

ひくっ、ひくっと赤いぬめりがうごめき、底のほうに小さな穴のようなものが顔をのぞかせている。

（ここだな……）

押し当てて、じっくりと力を加えると、矢印形の先端が狭い入口を通過していく確かな感触があって、あとはぬるぬるっと嵌まり込んでいき、

「うあっ……！」

妙子が顔を大きくのけぞらせた。

(けっこう抵抗感が強いな)

妙子の体内は充分に濡れているはずだが、抜き差しをしようとすると、膣が締めつけてきて、想像より力がいる。

妙子も苦しそうである。

だが、しばらくじっくりと抜き差しを繰り返すと、すべりが明らかによくなった。そして、張形によってすくいだされた愛蜜が、ジュブジュブと周囲を濡らした。

「良くなってきたな?」

「はい……良くなってきました」

「考えたんだが、私のこれを咥えてくれないか?」

「……いいですが、どうやって?」

「こうしたら、いいだろう?」

恭一は男性が上になるシックスナインの形で、妙子とは反対側を向き、下腹部のいきりたちを妙子の口許に押しつけた。

すると、妙子がおずおずと口を開けて、イチモツを受け入れる。

妙子は自分から顔を振ることは難しいようで、そのぶん、舌をねっとりとからめ、吸う。舐められながらのバキュームフェラは、想像以上に気持ち良かった。

そして、恭一は妙子の下半身へと伸ばした手で、ディルドーを押して、抜き差しする。

ぐちゅ、ねちっといやらしい音がして、張形が肉びらを巻き込むようにして膣を犯し、それがいいのか妙子は、

「あおおっ、おおおっ……!」

イチモツを頬張らされた口からくぐもった声を凄絶に洩らし、太腿をこわばらせる。

張形の出し入れにつれて、微妙に腰が動いた。

両足をくの字に折って、下腹部だけ、もっと欲しいとでも言うように、せりあげる。

ディルドーが引いていくと、それを追うように腰を浮かす。

(このまま抜き差しすれば、妙子は昇りつめるだろう。しかし、それでいいのか?)

今、人工ペニスがおさまっているところに、自分自身を入れたい。ギンギンの

分身を突き入れたい。

そんな気持ちを込めて、腰を動かした。

ずりゅっ、ずりゅっと肉棹で、妙子の唇を犯していく。

気分も性感も昂ってきた。

(ダメだ、もう我慢できない。俊夫、先に逝ったお前が悪いんだ。許せ！)

恭一は腰を引いて肉棹を口から外し、妙子の足のほうにまわった。

4

ディルドーを抜くと、閉まり切らない膣口がわずかに口を開けていた。

恭一は両膝の裏をつかんですくいあげ、切っ先を押しつけた。

「いけません。お義父さま、いけません」

妙子が激しく首を左右に振って、開かれた太腿の中心を手で隠す。

「わかっている。だが、妙子さんが好きなんだ。俊夫が逝ってから、あなたのことが気になって仕方がなかった。惚れているんだ。だから……」

「でも、俊夫さんを裏切ることになるんですよ」

「俊夫はもうこの世にはいない。いない者のことを思っても、どうしようもないだろ。それに……お前を他の男に渡したくない。楠本には渡さない……俺が面倒を見る。その覚悟はできている。二人が結ばれれば、すべて上手くいく。あんたの面倒は俺が見る」

恭一は妙子の手を外して、屹立を押し当てた。

「いけません……」

妙子がなおも腰を逃がす。

「妙子さんは俺のあれをしゃぶって、射精させてくれた。それとこれとどう違うんだ？　妙子さんも俺が嫌いではないはずだ。あなたとひとつになりたい。ならせてくれ……頼む」

必死に訴えると、妙子の抵抗が止んだ。

目を伏せて、唇を嚙みしめている。

それを承諾と受け取って、恭一は右手で屹立を沼地に導いた。

濡れそぼって光っている膣口を切っ先でさぐり、頭部がおさまったところで、腰を入れる。

入口は窮屈だった。だが、そこを通過すると、硬直が粘膜を押し広げていく確

かな感触があって、

「ぁあああぁぁぁぁ……！」

妙子が顔をのけぞらせて、両手でシーツをつかんだ。

「おっ、あっ……くっ」

恭一も奥歯を食いしばっていた。

なかは熱いと感じるほどに滾り、こじ開けていく分身を粘膜がざわめきながら締めつけてくる。

（こ、こんなに気持ちいいものだったのか……！）

長らく忘れていた膣の感触を思い出した。

いや、温かく包み込みながらも、ぎゅ、ぎゅっと締めつけてくるこの性能抜群の膣を体験したのは初めてのような気がする。

あるいは、しばらくしていなかったから、いっそうその素晴らしさを感じるのだろうか？

ピストンしたらすぐに出してしまいそうな気がして、足を放して、覆いかぶさっていく。

妙子はぎゅっと目を瞑って、顎をせりあげている。

その今にも泣き出しそうな哀切な表情が、たまらなく男心をかきたてた。

腕立て伏せの格好で、妙子の表情をすぐ真下に見ながら、腰を慎重に振った。

「んっ……んっ……」

妙子はぎゅっと目を閉じて、くぐもった声を洩らす。

絶対に喘ぎ声を出したくないという意志が伝わってきて、それが、かえって恭一を煽った。

右手で乳房を揉み、硬くせりだしている乳首を捏ねた。

そうしながら、徐々にストロークのピッチをあげて、振幅を大きくしていく。

すると、妙子の表情が変わりはじめた。

顎があがりはじめ、あがりきったところで、

「あっ……！」

か細い喘ぎが洩れた。それを皮切りに、

「あっ……んあっ……んあっ……」

哀切な声を洩らしつづける。

妙子はいったん唇を嚙む。しかし、打ちこむとそれがほどけて、艶めかしい喘ぎがこぼれてしまう。

すっきりした眉を八の字に折り曲げて、顎をせりあげ、

「ぁあああ、ぁあああうぅぅ」

短い喘ぎがどんどん長く伸びたものに変わっていく。

「気持ちいいか？　いいんだよ、素直になって。聞かせてくれ。気持ちいいんだね？」

打ち込みながら訊くと、

「……はい。気持ちいい……どうしようもなく、気持ちいい……ぁあああ、お義父さま」

妙子が下から抱きついてきた。

しがみつきながら、唇を重ねてくる。

恭一もそれを受け止めて、唇を押しつける。

キスは昔から苦手である。恭一の年代で、キスの得意な男は少ないだろう。ともすれば強張ってしまう唇で必死にキスをしながら、腰をつかって屹立を打ち込んでみる。

「んっ……！　んっ……！　んっ……！」

妙子はその衝撃で身体を揺らしながらも、ひしとしがみついてくる。

そして、自分から唇を合わせ、舌を差し込んできた。

恭一も舌の躍動を感じて、それを押し返しながら、からませる。押し合いへし合いをしながら、ゆるゆると腰をつかった。

「んっ……！　んっ……！　んっ……！　ぁあああ、許して、もう許して……」

キスをしていられなくなったのか、妙子が唇を離して、眉根を寄せた。

恭一は右手を肩口からまわして、肢体を抱き寄せる。

乱れた黒髪が放つ、生々しい野性的な髪の匂いを感じて、イチモツがギンとなった。

身体を密着させて、腰をつかう。

「あっ、あっ……」

妙子はか細い喘ぎを放ちながら、ぎゅっと抱きついてくる。

すらりとした足をM字に開いて、勃起を奥に導きながら、もう放さないとばかりにしがみついている。

そんな妙子をいっそう愛おしく思い、恭一は乳房にしゃぶりついた。

直線的な上の斜面を下側の充実したふくらみが持ちあげている形のいい乳房をやわやわと揉みながら、ピンクの突起に貪りつく。

上下左右に舌をつかい、さらに吸う。

チュッ、チュッ、チュッと吸い込むと、それがいいのか、

「ぁあああ……ダメ、それダメっ……あっ、あっ、はうぅぅぅ」

妙子はますます強く抱きついてくる。

同時に、膣がぎゅ、ぎゅっと締まって、侵入している肉柱を食いしめてくる。

(ああ、吸い込まれるようだ……！)

その奥へ奥へと引きずり込まれるような膣のざわめきが、たまらなかった。

恭一は左右の乳房を揉みしだいて、柔らかな求肥に似た感触を味わい、尖っている乳首を捏ねる。

「あっ……あっ……ぁああ、恥ずかしい。お義父さま、わたし、恥ずかしい。すごく感じてしまう」

妙子が羞じらった。

「いいんだよ、感じてくれて。感じてくれたほうが、俺も元気になる。あそこがますますギンギンになる」

そう言って、ふたたび唇を重ねていく。

唇を合わせながら、さっきより力強く腰を叩きつける。

腰枕をさせているから、膣がちょうどいいところにあって、ペニスが深く侵入していく。

「んんっ……んんんっ……んんんんっ……ぁあああ、お義父さま、気持ちいい。わたし、気持ちいいの」

キスを自らやめて、妙子が耳元で甘く囁く。

「俺も……俺も気持ちいいよ。いつ以来だろうな、女性を抱いたのは……」

「亡くなったお義母さま以来ですか？」

「ああ、そうなるな……『山村』の看板を守ることで精一杯だったからな」

「……お義父さまを尊敬しています」

「いや、俺なんか……」

「ご謙遜なさらないでください。お義父さまは立派に三代目を務めていらっしゃる。でも、今は忘れてください。わたしもすべてを忘れます……忘れさせてください」

妙子の言葉が、恭一の気持ちと肉体をかきたてた。

「妙子さん、きちんと面倒を見るから」

「信じていいんですね？」

「ああ……俺に任せなさい」

そう言って、恭一は上体を起こした。

すらりとした足の膝裏をつかんで、持ちあげながら開かせる。

「ぁああ、恥ずかしいわ」

結合部分が丸見えになっていることがわかるのだろう、妙子が顔を大きくそむけた。人間というものは不思議なものだ。こんなことをしても、丸見えになっていることに変わりはないのに。

恭一は膝裏をつかんで、ぐっと前に体重をかける。

身体が柔軟なのだろう、妙子の腰が上を向き、膣と勃起の角度がぴたりと合った。

そう力を込めずとも、勃起が奥まで届くのがわかる。

ゆっくりと腰をつかうだけで、妙子が高まっていくのがわかった。

「あんっ、あんっ……ぁああ、すごい……お義父さま、すごい……届いてるわ。奥に……ぁああ、苦しい。きつい……」

妙子が言うので、打ち込みをやめると、

「ぁああ、つづけてください。いいの。苦しいくらいがいいんです。お願い……

わたしをメチャクチャにして。俊夫さんを追い出して」

「いいんだな？」

「はい……忘れさせて。今が欲しい」

妙子が顔をあげて、恭一を見た。

これが、真実の声なのだろうと感じた。

長い黒髪が乱れて、顔にかかっている。アーモンド形の目は焦点を失ったようにぼうっとして、その哀願するような目がたまらなかった。

「妙子さん……妙子！」

名前を呼んで、恭一は強く腰を叩きつけた。

だんだんやり方を思い出してきて、ごく自然に打ちおろした途中からすくいあげるようにする。

すると、それがいいのか、妙子がますます逼迫し、

「あんっ、あんっ、あんっ……」

あらわになった乳房をぶるん、ぶるるんと縦に揺らして、両手でシーツを鷲づかみにする。

そのしどけない仕種や表情を見ていると、若い頃のセックスを思い出す。

(こうだった。昔はこのくらいはできた。女をよがらせることができた)

突き刺していくたびに、粘膜を切っ先が擦りあげていき、甘い陶酔感が射精前に感じるあのさしせまった感覚に変わった。

ごく自然に膝裏をつかむ手に力がこもり、ストロークのピッチをあげていた。

息が切れてきた。苦しい。だが、それに負けてはいけない。

(俺はできる……今も女をイカせることができる！)

そう信じて、しゃにむに叩き込むと、いよいよ妙子が逼迫してきた。

「あん、あんっ、あんっ……ぁあああ、イキそう……お義父さま、わたし、イキそうです」

「いいんだぞ。イッていいんだぞ」

激しく叩き込んだ。

蕩けた粘膜がまったりと包み込んできて、そこを行き来させると、強く締めつけてきた。

熱い快感が風船のようにふくらんでくる。

「今だ。イクよ、出すぞ」

「ぁああ、ちょうだい。大丈夫だから……」

「そうか……よし、行くぞ」

恭一はぐっと前に体重をかけ、いきりたちを押し込んだ。つづけざまに深いところを突くと、

「あんっ、あんっ、あんっ……ぁあああ、イキます。お義父さま、イッていいですか？」

妙子がとろんとした目を向けてくる。

「いいぞ。イケ……俺も出す！　おおぅ……！」

吼えながら叩きつけた。

「あんっ、あんっ、あんっ……ぁあああ、イク、イク、イキますぅ……やぁああああああああぁぁ！」

妙子が外にも聞こえるのではないかというくらいの嬌声を噴きあげる。最後に「うっ」と生臭く呻いて、のけぞり返った。

膣の収斂を感じて、駄目押しとばかりに打ちこんだとき、恭一も至福に押しあげられた。

体に熱い電流が走った。

放つときの快感がすさまじく、これで自分は息絶えるのではないかと思うくら

いの至上の快感だった。

放つ間も、妙子はがくっ、がくっと細かく震えていた。

打ち終えたときには自分が空っぽになったようで、恭一はがっくりと妙子に覆いかぶさっていく。

はあはあはあはあというやたら荒い息がちっともおさまらず、そのことが恥ずかしかった。

あまり体重をかけられていてもつらいだろうと、恭一は結合を外して、すぐ隣にごろんと横になる。

しばらくすると、妙子がにじり寄ってきたので、とっさに腕枕していた。

こんなとき何を言えばいいのだろう。

恭一も妙子も無言だ。妙子が二の腕と胸板の境に顔をもたせかけて、右手で胸板をなぞってきた。

「もう少し、ここにいたいんだが……」

「いいですよ。わたしももう少し一緒にいたい」

甘えるように言って、妙子が顔を擦りつけてきた。

# 第三章　衣擦れの音

## 1

その日は日曜日ということもあって、客が多かった。

兼六園や金沢城公園の桜もほぼ満開で、この時期は観光客や地元の人々の花見で、金沢はにぎわう。

お花見をしながらのお茶会も盛んで、お茶会には茶菓子がつきものだから、この時期、和菓子の老舗店『山村』は忙しい。

厨房もフル活動し、店はとても妙子だけでは応対できないので、アルバイトも雇う。

夕食を終えて、一階の居間にしている和室で、恭一と妙子は座卓を挟んで寛いでいた。

雪見障子を通して、庭のソメイヨシノの大木が見える。

満開に咲き誇った桜の花が庭の照明に浮かびあがって、艶めかしい。ちらちらと舞う花びらに風情がある。

住み込みの職人のために作った離れは母屋の裏手にあるから、ここからは見えない。

今日、妙子は洋服ではなく、センスのいい小紋を着ていた。

店で客に接するときに着ていたストライプ柄の小紋を着替えずにいてくれた。たぶん、それは恭一のためだ。

恭一が自分の和服姿が好きなのをわかっていて、その期待に応えようとしてくれているのだろう。

黒髪を後ろでまとめて、鼈甲《べっこう》の櫛を刺している。そのうなじや、鬢《びん》のほつれが恭一をかきたてる。

一度、その素晴らしい肉体を味わってしまったためだろう、こうして二人でいるだけで、股間のものが力を漲らせようとしている。

まったく役立たずだったイチモツが、今は妙子を前にするだけで、むずむずしてくる。何か刺激があれば勃起するだけの準備をととのえている。

そのことが気恥ずかしくも、誇らしくもある。

恭一は気になっていたことを訊いた。

「楠本のことだが……きちんとノーの返事はしたんだろうな？」

「はい……お断りさせていただきました。楠本さんのことは職人として尊敬しているし、うちには必要な方だと。でも、男としては見られないと、はっきりと申しました」

「そうか……わかった」

妙子がためらうことなく答えたから、ウソではないだろう。

恭一は心配事がひとつなくなって、気分が良くなった。

「どうだ、今からここで夜桜見物でもしないか？　今日は満月だし、うちの桜も今が盛りだろう。見てやらないと可哀相だ。ちょうどあなたも、きれいな着物を着ているしな」

提案すると、

「そうしましょうか。じゃあ、燗をつけてきますね」

妙子が席を立って、キッチンに向かった。

しばらくして、熱燗をお盆とともに持ってきた。

恭一はじかに桜が見たくなって、履きだし式のサッシを開けた。夜気が忍び込んできて、少し寒いが、今夜は比較的暖かいから、寒さはさほど気にならない。

廊下に座布団を置いて、胡座をかくと、妙子がお酌してくれる。

恭一もお猪口に熱燗を注ぎ、妙子も座布団に正座する。

カンパイをして、ぐいと杯を空ける。

温められた純米酒が喉を通りすぎて、臓腑に落ちていく。

熱燗で体の底から温まっていく。

目の前では、庭の明かりに満開の桜が浮かびあがっていて、淡い桜の香りが周囲にただよっていた。

今、母屋には二人しかいない。藤沢八重も今は母屋の裏手にある離れにいるから、ここには来ない。

「悪いが、膝枕をさせてくれないか？」

切り出すと、妙子が静かにうなずいた。

そのほうが頭を置きやすいと思ったのだろう、少し膝を横に崩した。

裏を向いた白足袋の上に、ストライプ柄の着物に包まれた尻が乗っている。季節に合わせたのか、桜色の長襦袢を着ていて、それがちらちら見える。

恭一はもう一枚座布団を持ってきて、三つの座布団を並べ、その上にごろんと横になった。

着物のすべすべした感触の裏にむっちりとした太腿の弾力を感じる。着物の匂いを感じる。

文人たちがよくやるように、作務衣の袖に腕を入れて、組んでみた。

きっと、妙子は頭がすべり落ちないように気をつかってくれているのだろう、思ったより安定性がある。

ふっくらした太腿に顔を乗せて、お花見をする。

顔は横を向いているが、桜はまっすぐに立っているように見える。

庭の外灯が斜め上から桜の木を仄白く照らし、地面につけられたライトが桜を下から煽っていて、桜の花が立体的に見える。

白でも、ピンクでもない。その中間の淡いピンクが塊となって一挙に咲き誇っている姿には、ただただ圧倒される。

微風で、花びらが数枚舞い落ち、それがライトに照らされて、無常のようなものを感じる。

「桜はきれいすぎて怖いな」

言うと、

「ええ。女としては嫉妬します」

妙子が答える。

「そうか、嫉妬するか?」

「はい……」

「でも、すぐに散ってしまう。あなたは長い間、咲きつづける。まだまだこれからだろう」

恭一は膝枕をしてもらいながら、太腿を撫でた。着物越しにゆるゆるとなぞりつづける。

すると、妙子の腰が微妙にくねりはじめた。

恭一も太腿を撫でながら、頭部を下腹部あたりにぐりぐりと擦りつけてやる。

「いけません……」

「どうして?」

「どうしてもです」

なおも頭を擦りつけていると、横座りしている妙子の膝が少しずつ開いていった。

恭一は、少し割れた前身頃から手を差し込んでいく。

着物と長襦袢の前をはだけて、太腿の内側をさすった。そこはすべすべで温かく、肉感的だ。むっちりとした内腿が撫でるうちにしっとりしてきて、

「うんっ……あっ……」

低く喘いで、妙子がいやいやをするように首を振った。

こらえきれなくなった。

恭一はサッシを閉めて、空間を遮断した。

これで、今、完全に二人だけの空間になった。二人の邪魔をする者はいない。

恭一は上体を起こして、妙子を三つ並んだ座布団の上に寝かせる。仰向けになった妙子に覆いかぶさるようにして、唇を奪った。

かるいキスを浴びせながら、手をおろしていき、着物の前身頃をはだけさせる。

薄桃色の長襦袢の内側へ手をすべり込ませて、温かく感じる太腿をなぞりあげていく。

妙子は下着をつけていなかった。奥のほうに湿った女の園が息づいていて、狭

間をなぞると、そこが割れてぬるっとしたぬめりを感じる。

さらに、濡れ溝を指でさすりあげると、腰が微妙に揺れて、

「ぁああ、いけません。こんなところで……誰かに見られる」

妙子が周囲を見た。

「大丈夫だよ。誰もいないし、来ない……見ているとしたら、満開の桜とお月さまくらいのものだ。和菓子は四季の自然や花鳥風月をモチーフに使わせてもらっている。多少、貢ぎ物をしないとな。きっと、桜も喜んでくれるさ」

「……嫉妬しませんか?」

「しないさ。妙子さんが乱れる姿を見ることができて、喜んでいるさ」

恭一はふたたび唇を重ねて、女の園をかわいがった。

狭間に指を縦に往復させていると、そこはいっそう潤ってきて、柔らかさを増す。

「ぁああ、ああうぅぅ……」

妙子は喘ぎを押し殺しながら、左右の足で交互に廊下を蹴るようにして、愉悦をあらわにする。そうしながら、必死に唇を吸い、舌を預けてくる。

恭一はキスをやめて、下半身を見た。

着物とピンクの長襦袢がはだけて、真っ白な太腿が、射し込んだ月明かりにぼんやりと浮かびあがって、その仄白い太腿がよじれるさまが鮮烈だった。

恭一は下半身のほうにまわり、着物の前をはだけ、まとわりつく長襦袢の前もまくって、膝を立たせる。

腰の下に折り曲げた座布団を敷き、ぐいと膝をすくいあげた。

白足袋に包まれた小さな足が持ちあがって、むっちりとした素足が太腿まであらわになり、

「いや……」

妙子が恥ずかしそうに顔をそむける。

だが、心底からいやがっているわけではないことくらいわかる。

ハの字にひろがった太腿の奥に顔を寄せた。

わずかに甘酸っぱい性臭のこもる翳りの底に舌を伸ばして、静かに舐めあげていく。唾液の載った舌が濡れ溝をなぞりあげていって、

「はう……!」

妙子が息を吸い込むのと同時にのけぞった。

恭一が舌を上下に揺らすと、それに反応して、

「ぁあああ……ああああああ……気持ちいいの。お義父さま、わたし、おかしくなってる。気持ちいいの……蕩けそう」

妙子が艶めかしく言う。

「いいんだよ、それで。おかしくなっていい。おかしくなってほしい……」

恭一は全体に貪りついて、ズズッと啜りあげた。

くにゃくにゃした陰唇とクリトリスが吸いあげられて、

「ぁあああ……！」

妙子は嬌声を噴きあげて、自分の出した声の大きさに驚いたのか、みずから口を手でふさいだ。

恭一はその所作にひどく昂奮してしまい、執拗に陰唇やクリトリスを吸う。

「いや、いや、いや……」

顔を左右に振っていた妙子の動きが止まった。

恭一が上方の陰核を舌で刺激したのだ。

くるりと包皮を剝いて、あらわになった肉真珠を舌先で転がすと、妙子は動きを止めた。

そして、敏感な個所にもたらされる快感を、少しも逃さないとでも言うように身構えている。

今だとばかりに上下に舌をつかい、ちろちろっと連続して肉真珠を弾くと、

「あっ、あっ、あっ……ぁあああ、ぁあああうぅぅぅ……許して、もう許して……へんになる。へんになる……ぁあああうぅぅぅ」

妙子は口に手のひらを当てて、のけぞり返った。

大きく反りながら、びくん、びくんと痙攣している。

「イッたのか？」

訊くと、妙子は羞恥で顔を赤く染めて、こくりとうなずいた。

「そうか、もうイッたか……」

「はい……あの、お義父さま、ここに寝てください。今度はわたしが……」

妙子が緩慢な動作で立ちあがって、座布団を示す。

恭一は言われたように仰向けに寝転んだ。

すると、妙子は作務衣の前をはだけ、ズボンとブリーフをおろした。そして、いきりたっているものに顔を寄せてきた。

「お花見していていいですよ」

そう言って、妙子が頬張ってきた。

ふっくらとした唇がすべるうちに、イチモツがますます力を漲らせて、そこを口で覆われると、ぐんと快感が高まった。

うねりあがってくる愉悦に目を瞑りたくなる。それをこらえて、外を見た。

大きな一枚ガラスのサッシを通して、照明に浮かびあがった満開の桜が見える。

わずかにピンクがかっているものの、ほぼ白に見える無数の桜の花たちがせめぎ合うように咲き誇っている。

華やかで絢爛《けんらん》だが、もうしばらくしたら、花びらが散っていき、葉桜に変わってしまう。もうすでに、花びらが散りはじめている。

一瞬にして栄華を極めて、あとははらはらと散ってしまう。

横を向いて、夜桜を愉しむ間も、下半身でそそりたつ分身を息子の嫁だった若女将がしゃぶってくれている。

妙子は根元を握り、剥きおろされてあらわになった亀頭冠に唇を往復させていた。アップにされた黒髪が上下に揺れている。

柔らかな唇でカリの裏側を擦られると、そこからジーンとした痺れに似た快感がうねりあがってきて、また目を閉じたくなった。

（ダメだ。ここで目を閉じてはもったいない）

恭一は懸命に目を開けて、妙子がおしゃぶりしてくれる様子を、目に焼きつける。

それから、また顔を横向けて、夜桜を見る。

照明に照らされた満開の桜は一段と妖美さを増している。

見とれている間にも、なめらかな唇が屹立を往復する。

亡くなった妻が生きている間にも、こんなことをされたことはなかった。

また、妙子を見る。

唇をめくれあがらせて、一生懸命に唇をすべらせ、吸ってくれている。

ストライプの着物をつけて、しゃがみ込むようにして、下腹部のいきりたちを握りしごき、同じリズムで顔を打ち振っている。

恭一はまた、庭で枝をひろげる桜の大木を見る。

一陣の春風が吹いたのか、はらはらと大量の花びらが散って、舞い落ちながら流れていく。

そのとき、妙子がちゅるりと肉棹を吐き出して、言った。

「お義父さま、お部屋に……」

「あ、ああ……そうしよう。俺の部屋でいいか?」

「はい……」

「じゃあ、行こうか」

恭一は立ちあがり、いきりたちを手で隠して、一階にある自分の部屋に向かった。

2

恭一の部屋は床の間と広縁のある八畳の和室で、和室にはすでに布団が延べられている。

妙子が窓辺に立って、外を見た。

「ここからも、桜がよく見えるんですね」

「ああ……ここは父の部屋だったところだからな。父は桜が好きだった。うちの桜餅も父が作ったものだ。桜の淡い香りがする名菓だな。こし餡を求肥で包んで、さらに、塩漬けした桜の葉で包み込む。あなたのように品が良くて、香りがいい。そのくせ、一度食べると忘れられなくなる」

恭一は後ろから妙子を抱き、衿元から右手を内側へとすべり込ませた。

すぐのところに、柔らかな乳房が息づいていて、しっとりと指に吸いついてくる。

「妙子のここも、桜餅のように柔らかいな。いや、求肥というより搗きたての餅かな？　餅はすぐに硬くなるが、妙子さんの乳房はずっと柔らかなままだ……おっと、一カ所だけ硬いところがある」

乳首を捏ねると、

「ああん、お義父さま、意地悪だわ」

「あなたを前にすると、こうなってしまう」

恭一はアップに結われた黒髪からのぞくうなじに、キスをする。それから、舐めた。官能的なカーブを描く襟足を舌でなぞりながら、差し込んだ手でじかに乳房を揉みしだいた。

「うん、んっ……ぁあああ……」

艶めかしい声を洩らして、妙子が背中を預けてくる。

身悶えをする妙子に、恭一は耳元で囁いた。

「俊夫の代わりになることにした。あなたのような女盛りを残して、ひとりで逝ってしまったんだから、息子にも責任がある。それを俺が代わりに背負うよ。

俺を俊夫だと思ってくれないか？　妙子さん、前にも言ってたことがあるだろう。俺が俊夫に似ているって」

「はい、親子だから当たり前なんですが、似てらっしゃいます。目元と鼻筋が……それに、職人気質的な性格も。正直に言いますね。わたし、この一年で、お義父さまのちょっとした仕種で俊夫さんを思い出してしまって……ご自分ではおわかりにならないんでしょうが、ちょっとした所作がとても似ているんですよ」

「そうか……」

恭一も胸が熱くなった。

「だから、こうしていても、俊夫さんに抱かれているような気がするんです」

「そうか……」

正直言って、複雑な心境である。しかし、そう思ってくれたほうが、恭一の罪悪感も薄らぐ。

着物の前身頃をまくろうとしたとき、

「脱ぎます」

妙子は帯のお太鼓を解き、シュルシュルッと衣擦れの音を立てて、帯をほどいていく。

長襦袢姿になって、着物を衣紋掛けにかける。

ピンクの長襦袢は白い半衿がついていて、白い半幅帯が横に走り、裾からは白足袋が見える。

その姿はまるで部屋にも桜が咲き誇っているようだ。

結われていた髪を解いて頭を振ったので、長い黒髪がさらさらと枝垂れ落ちて、いっそう色香が匂い立った。

「こっちに来なさい」

掛け布団をめくり、白いシーツの上に妙子を仰向けに寝かせた。

光沢のあるピンクの長襦袢に包まれた妙子は、桜の精かと思うほどに美しく、華やかだった。

恭一は覆いかぶさっていき、首すじにキスをした。それから、悩ましい曲線に沿って舌を走らせる。

そうしながら、長襦袢越しに乳房を揉む。

「あっ……あっ……ぁあああ、恥ずかしい……恥ずかしい」

そう口走りながら、妙子は立てた膝と太腿を擦り合わせる。

長襦袢が割れて、仄白い太腿があらわになり、肌の色と長襦袢のピンクの対比がエロチックだった。

恭一はたまらなくなって、長襦袢の衿元をひろげつつ、片腕ずつ袖から抜き、それから、ぐいとおろしてもろ肌脱ぎにさせる。

桜色の布地がさがって、たわわな双乳があらわになった。

形のいい乳房がこぼれでて、その先に濃いピンクの乳首が尖っている。

乳輪と乳首の織りなす三角形が、妙子の抱えている女の業《ごう》を表しているようで、ひどくいやらしく感じた。

視線を感じたのか、妙子が腕で乳房を隠した。

その手を持って、シーツに押さえつける。

妙子が居たたまれないといった様子で、顔をそむける。しかし、乳房も腋の下もさらけだされてしまっている。

ある欲望が、恭一を衝き動かした。

腋の下に顔を埋めると、甘酸っぱいチーズに似た匂いがわずかにこもり、それを味わいながら、窪みを舐めた。

きれいに剃毛された窪地はつるつるだが、わずかに汗ばんでいる。

「いや、お義父さま、そこは恥ずかしい……いや、いや……」

妙子は首を左右に振って、必死に腋を締めようとする。

肘をつかんで押しつけ、あらわなままの腋の下を舐めつづけた。

すると、妙子の様子が変わった。

あれほど、いやいやをしていたのに、次第に抗《あらが》いがやんで、

「あっ……あっ……」

か細い声を洩らした。

さらに、腋窩から二の腕にかけて舐めあげていくと、

「ぁあああ……ぁああうぅぅ」

ついには悦びの声をあげて、顔をのけぞらせる。

「いいんだな？」

「……はい。ぞくぞくします」

「俊夫にも同じことをされたのか？」

「……はい」

「そうか……そんな気がした」

ゆとりのある二の腕は本当に柔らかくて、つるつるだった。

二の腕から肘、さらに手首へと舐めあげ、そのまま指をしゃぶった。

透明なマニキュアをされた指はほっそりとして、関節の膨らみが少ない。そのしなやかな指を一本、また一本と舐める。

さらには、人差し指と中指をまとめて頰張り、なかで舌をからませる。フェラチオでもするように口をすべらせると、

「ぁあ、お義父さま、いけません……そこなことをなさっては……いや、いや……あっ……あっ……あうぅぅ」

妙子は悩ましく喘ぎ、顔をのけぞらせる。

恭一はもの狂おしいような気持ちになって、五本の指を丹念に舐めた。

それから、また腕を舐めおろしていき、腋の下から乳房へと口を移した。

じっとりと汗ばんだ乳肌を揉みしだき、いっそうせりだしてきた乳首を頰張った。

なかで舌をからませ、吐き出した。

唾液まみれの突起が痛ましげにせりだしていて、それを指でかるく弾くと、

「あっ……んっ……んっ……ぁあああ、ぁあうぅぅ」

妙子の下腹部が持ちあがってきた。

「どうした？　欲しいのか？」

「はい……いえ」

「欲しいんだろ？」

乳首を口に含んで、強く吸い込むと、

「ぁあああ……！」

妙子はさしせまった喘ぎを放ち、下腹部をせりあげた。

こうしてほしいのだろう、と恭一は右手をおろして、長襦袢をはだけ、下腹部へと手を這わせた。

柔らかな繊毛の底で、ぬるっとした粘膜がほどけていて、そこに指を届かせると、

「ぁあああ……」

妙子はもっと触ってと言わんばかりに、下腹部をせりあげてくる。

「欲しいか？」

「はい、欲しい！」

「何をどこに欲しいんだ？」

「……お義父さまの、お、おチ×チンを、わたしのなかに……」

「なかではわからないな。きちんと言いなさい」

「……オ、オマ×コ」

「つづけなさい」

「お義父さまのおチ×チンをわたしのオマ×コに入れてください」

「よし、よく言った。その前に、しゃぶってくれないか？」

恭一は頭のほうにまわって、反対を向いて上半身をまたぎ、いきりたつものを妙子の口に押しつけた。

すると、妙子はおずおずと口を開き、勃起した肉の柱を頬張る。

「いいぞ。オナニーを見せてくれ。胸を揉んで、オマ×コをいじりなさい……早く！」

叱咤する。

恭一は自分にはサディスティックなところがあることをわかっていた。おそらく、これはその発露だ。

妙子はあらわになった乳房をつかみ、揉みしだき、乳首を指でいじる。そうしながら、右手を翳りの底におろして、クリトリスのあたりを触る。

それを見ながら、恭一はかるく腰を振って、屹立を口腔に押し込んでいく。

妙子は必死に唇をからめて、イチモツに快感を与えながら、みずから乳房を揉み、クリトリスをいじっている。

妙子が高まっていくところを見ていると、恭一の分身はますますギンと力を漲らせる。

「んんんっ……んんんっ……ぁあおおお……！」

くぐもった声がやがて、喘ぎに変わり、妙子の身体がぶるぶると震えはじめた。

これを待っていた。

恭一は口腔から勃起を抜き取って、立ちあがった。

下半身のほうにまわって、膝をすくいあげる。

3

長方形の濃い翳りの底で、女の祠《ほこら》がぴったりと口を閉ざしていた。合わさった陰唇がわずかにくねっている。

顔を寄せて、もう一度舐めた。

舌を這わせると、途端に肉びらがほどけ、なかの赤い粘膜が顔をのぞかせる。

そこはもう分泌液で妖しいほどにぬめ光っていて、恭一を誘っている。

先日に一度経験しているせいか、気持ちは落ち着いていた。

右手で導いた先端で濡れ溝をなぞっていき、柔らかな個所を見つけて、押し込んでいく。

（ここか？　ここだな）

濡れた個所が割れていく感触があって、途中まで嵌まり込んだ。そのまま体重を乗せると、ぬるぬるっとすべり込んでいって、

「はうぅぅ……！」

妙子が顎を突きあげる。

（温かい……！）

最初に感じたのは、膣の温度だった。

次に襲ってきたのは、強い締めつけだった。

「くっ……！」

恭一も奥歯を食いしばって、粘膜の包み込みをこらえた。

膝を放して、覆いかぶさっていく。

両肘を突き、両手を腋の下から差し込んで、肩をつかんだ。ぐいと抱き寄せながら、さらに深いところに差し込むと、

「うあっ……！」

妙子が顔をのけぞらせる。

今にも泣き出さんばかりに眉を八の字に折って、顎をせりあげている。

この前はゆっくりと味わう余裕がなかったが、今は妙子とひとつになる悦びをじっくりと嚙みしめられる。

恭一は両肩を引き寄せながら、強めに打ち込んでみた。

ぐさっ、ぐさっとイチモツが突き刺さっていき、

「あんっ……！　あんっ……！」

切っ先が奥に届くたびに、妙子は大きく顔をのけぞらせる。

柔らかくウエーブした黒髪が枕に散り、渦を巻く。

美しい顔にかかった髪をかきあげてやる。

富士額の下で、アーモンド形の目が今はぎゅっと閉じられている。

それに反して、いつもきゅっと結ばれている唇が今は半開きになり、唇がめくれあがっている。

「妙子さん、これからもずっと家にいてくれ。店の顔でいてくれ。いいね？」

思いを告げると、

「はい……お義父さまがそうしろとおっしゃるなら」

妙子が答えて、見あげてくる。

長い睫毛が上を向き、蔦《つた》色の瞳がきらきら光っている。

そのどこかとろんとした至福に満ちた顔が、恭一をかきたてた。

恭一は唇を合わせ、黒髪を撫でた。

すると、妙子もそれに答えて、舌をからませてくる。

(ああ、妙子さんが自分から……)

いっそう昂って、恭一はキスしながら腰をつかった。

唇を合わせながら、ピストン運動すると、屹立が熱い蜜壺をぐちゅぐちゅと抜き差しして、

「んんんっ……ぁあああおお……ぁあああ、気持ちいい……お義父さま、気持ちいいの……」

妙子がぎゅっとしがみついてきた。

「そうか……そんなにいいか?」

「はい……いいの。いいの……」

恭一は腕立て伏せの格好になって、今度は切っ先を深く沈めていく。

ピストンをやめて、切っ先を奥に押しつけ、ぐりぐりと捏ねる。捏ねてから、かるく抜き差しをする。

また、子宮口に強く押しつけて、ぐぐっと押しあげるように力を込める。

「ぁあああ、くっ……苦しい。犯してくる。お義父さまのあれが、わたしを犯してくる。ぁああああ、くうぅぅぅ……」

妙子がつらそうに眉根を寄せた。

恭一が力を抜くと、

「ぁああ……逃げていく。つづけてください。押しつけてください。お義父さまのおチ×チンを」

妙子が哀願してくる。

「苦しいんじゃないのか？」

「苦しいわ……でも、それが……」

「いいのか？」

妙子がこくんとうなずいた。

「そうか……」

妙子はマゾ的なところがあるんだと思った。

もしかすると、俊夫ともそうした行為をしていたのかもしれない。

「俊夫には、どんなことをされた？」

妙子は答えない。

「どんなことをされた？　妙子さんはどうされたら、感じたんだ。教えてくれないか？」

「……両手を縛られて、後ろから犯されました」

まさか、息子がそんなS的なことをしていたとは、少し驚いた。しかし、そこは親子。恭一も女性を責めることを嫌いではないし、何となく息子が妙子に対してそうしたくなる理由はわかる。

「……それが気持ち良かったんだな？」

「はい……自分がメチャクチャになっていく。落ちていくのが……」

「感じる？」

「はい……」

「そうか……ちょっと待ってくれ」

恭一は、妙子の長襦袢を留めていた腰紐を解いて、外していく。抜き取って、

「両手を前に出して」

言うと、妙子がおずおずと両手を合わせて差し出してきた。

本格的に女性を縛ったことはないが、このくらいならできる。

白い腰紐で両方の手首をひとつに合わせて、ぐるぐる巻きにして、最後にぎゅっと縛って留める。

すると、何も言わずとも、妙子はおずおずと両手を頭上にあげた。ひとつにくくられた両手を頭上にあげて、恥ずかしそうに顔をそむけた。

乳房は完全にさらされているし、腋の下もあらわになっている。このすべてをさらけだしたポーズがM心をかきたてるのだろう。

「これがいいんだね？　恥ずかしいのが？」

「……はい」

恭一は乳房を揉みしだき、乳首に吸いついた。

チューッと吸い立てて、舌で転がす。徐々に強めになぞり、最後はかるく甘噛みすると、

「ぁあああうぅぅ……！」

妙子が顔をくしゃくしゃにして、のけぞった。

恭一は吸い立てながら、もう片方の乳首を強くつまんで、押しつぶすように転

がしてみた。

「ぁあああ、くっ……許して……お義父さま、許してください……ぁあああああ……」

妙子が嬌声を噴きこぼした。

今だと、恭一は上体を立て、両足の膝裏をつかんで、左右の足を持ちあげた。

膝を身体に触れんばかりに押しつけて、ぐいぐいと打ちこんでいく。

「あんっ、あんっ、あんっ……ぁあああ、もう、もうダメっ……」

妙子が泣き顔になった。

ひとつにくくられた両腕をみずから頭上にあげて、顎を突きあげて、顔を激しく左右に振る。

苦しいはずだ。

上から打ちおろしたイチモツが妙子の体内をうがち、そのまま奥へと届く。

「許して、もう許して……」

妙子が哀訴してくる。

恭一が腰の動きを止めると、えっ、どうしてという表情になり、

「ください。わたしを突いて。いっぱい、突いて！」

抽送をせがんでくる。

恭一はもっと深く打ち込みたくなって、妙子の足を肩にかけた。そのまま、ぐっと前に屈むと、妙子の腰が折れて、恭一の真下に妙子の顔が見える。

もう目を開けることもできないのか、ぎゅうと目を閉じて、唇を噛んでいる。

ピンクの長襦袢が脱げて、シーツの上にピンクのさざ波を描いていた。

その上で、ミルクを溶かし込んだような白い裸身が折り曲げられて、美しい顔が快楽と苦痛の間でゆがんでいる。

（いい顔をする。この顔を見せられたら、男はたまらない……きっと、息子もこの顔を見たいがために、妙子に挑みかかっていたのだろう）

恭一は徐々に打ち込みのピッチをあげていく。すると、見る見る妙子の気配が変わった。

「あん、あん、あん……ぁああ、すごい。突き刺さってくる。お義父さまのおチ×チンがわたしを突き刺すの」

妙子はそう言いながらも、依然としてひとつにくくられた両手を頭上にあげている。

恭一が歯を食いしばって、打ち据えていると、妙子が苦しそうに言った。

「ぁああ、イクわ。お義父さま、妙子、イキます。イッていいですか?」

「いいぞ、イッていいぞ。イクところを見せてくれ」

恭一がつづけざまに打ち込んだとき、

「あん、あん、あん……イキます。イク、イク、イッちゃう……うはっ!」

妙子は大きく顎をせりあげて、のけぞり返った。

それから、がくん、がくんと大きく躍《おど》りあがった。

膣がひくひくっと収斂しながら、肉棹を吸い込もうとする。

恭一はかろうじて射精をこらえた。まだだ。まだ出したくない。もっと、妙子をイカせるのだ。

恭一が我慢していると、絶頂が去ったのか、妙子が静かになった。

それでも、いまだに両腕を頭上にあげたままだ。

不思議なもので、いまだに突き刺されたままで、気を遣ってぐったりとした妙子の姿が、また恭一の気持ちを煽ってくる。

結合を外して、言った。

「妙子さん、四つん這いになれるか?」

すると、妙子はそういう気持ちはあるものの、すぐには身体が動かないといった様子でいたが、しばらくして、緩慢な動作で身体を起こし、それから、四つん這いになった。

ピンクの長襦袢の敷かれた布団の上に両肘と両膝を突いて、尻をおずおずと持ちあげる。

ひとつにくくられた手首を前に置き、女豹のポーズで這った妙子は、恭一がこれまで実際に目にしてきた女体のなかでも、最高にエロチックだった。

いまだに元気なイチモツを尻たぶの底に添えて、慎重に埋めこんでいく。

入口を切っ先が突破して、ズブズブッと奥へと押し込んでいく感触があって、

「ぁあああ……！」

妙子がのけぞりながら、ひとつにくくられた手指に力を込めた。

（おおぅ……すごい締めつけだ。ぐいぐい締まってくる）

恭一はもたらされる快感に酔いしれた。

よく練れた粘膜がびくびくっとざわめいて、イチモツを内側へと引き込もうとする。

そのたびに、尻の穴もひくひくっと締まる。

（そうか……Mなら、これもありか）

恭一は唾液で湿らせた指で、小菊の花の周囲をなぞる。すると、それに反応して、尻の穴がイソギンチャクみたいに収縮し、同時に膣が分身を強く締めつけてくる。

アヌスをいじれば、膣も連動して締まるらしい。

指先でじかにアヌスをいじってやる。すると、窄まりがわずかにひろがって、指先を呑み込もうとする。

（これは……！）

恭一は感動して、指先でじっくりと押す。すると、窄まりが開いて、第一関節まで没してしまった。

「ぁああ、くっ……！」

妙子がつらそうに呻いた。

アヌスが指先を締めつけてきて、同時に膣も勃起を圧迫してくる。その締めつけが気持ち良すぎた。

恭一は指をアヌスに出し入れしながら、打ち据えていく。

「あんっ、あんっ、あんっ……」

妙子が心から気持ち良さそうな声をあげる。

「妙子さんは、お尻も感じるんだね？」

「はい……すみません。俊夫さんに……」

そうか、俊夫は妙子の肛門まで愛玩の対象にしていたのか。

息子と妙子に嫉妬を覚えた。

すぐに、よしそれなら、俺もそのうちアヌスを……という気持ちになる。

だが、今はアヌスなしで、妙子をイカせたい。

指を抜いて、その手でくびれたウエストをつかみ寄せた。

引き寄せながら、ぐいぐいと打ち込んでいく。

「あんっ、あんっ、あんっ……ぁあああ、もっといじめて……わたしをメチャクチャにしてください」

妙子がせがんでくる。

（よし、メチャクチャにしてやる！）

ごく自然にヒップを叩いていた。

手のひらでかるく尻たぶを叩くと、ピシャッといい音がして、

「あんっ……！」

妙子がびくっと顔をのけぞらせる。

その様子が、いっそう恭一の嗜虐心をかきたててくる。

時々、尻たぶを手のひらで叩きながら、次第に打ち込みのピッチをあげ、ストロークを大きくしていく。

と、射精前のあの熱い火照りを感じた。それを逃したくなくて、夢中で打ち据えた。

「あんっ、あんっ、あんっ……ぁあああ、いいの、いい……もっと、もっといじめて……メチャクチャにして！」

妙子が訴えてくる。

尻の肌が朱色に変わって、その赤さが恭一を煽った。

「そうら、メチャクチャにしてやる。妙子さん、妙子……！」

腰を引き寄せて、ぐいぐいとえぐり込んでいくと、妙子はひとつにくくられた手指でシーツを鷲づかみにして、

「あんっ、あんっ、あんっ……ぁあああ、また、イク……お義父さま、妙子はまたイッてしまう！」

訴えてくる。

「いいぞ。何度もイッていいんだ。ぁああ、出すぞ。妙子さん、俺も出すぞ」

「ぁああ、ください。あん、あんっ、あんっ……ぁああ、来るわ。来る……」

恭一がつづけざまに叩きつけたとき、

「そうら、妙子さん、イケぇ！」

「イクイク、イキます……いやぁあああああああぁぁぁ……くっ！」

妙子が家中に響きわたるような嬌声をあげて、背中を弓なりに反らした。

膣の痙攣を感じて、駄目押しとばかりに打ち込んだとき、恭一にも至福が訪れた。

「くっ……うおおおぉぉ！」

吼えながら、放っていた。

熱い男液がしぶいていく快感が体を貫き、ひとりでに腰ががく、がくっと震えている。

恭一ももう六十八歳。自分がこのままあの世に行ってしまうのではないかと思うような凄絶な射精感が襲ってくる。

出し尽くしたときは、もう精も根も尽き果てていた。

がっくりとなって、覆いかぶさっていく。

すると、妙子も前に潰れて、恭一も結合したままその後ろから重なり合う。

はあはあはあと荒い息づかいがちっともおさまらない。

心臓がドクッ、ドクッとものすごい勢いで鼓動し、足りなくなった酸素を必死に送り出しているのがわかる。

家が静まり返ったとき、ミシミシという足音が遠ざかっていくのが聞こえた。

ハッとして、恭一は凍りつく。

すると、妙子も気づいたのか、

「今、足音が聞こえたような気がします」

うつ伏せになったまま言う。

「確かに……待っていろ」

恭一は急いで作務衣を着て、部屋を出た。

だが、廊下に人はいない。

急いで、玄関に向かった。

すると、母屋から店舗へと向かう男の後ろ姿が見えた。背広を着ているが、その丸まった猫背気味の背中に見覚えがあった。

（あれは……楠本！）

呼び止めようとも思った。しかし、どう声をかければいいのか？　それに、完全に楠本が恭一と妙子との情事を盗み聞きしていたとは言い切れない。
迷っているうちに、楠本は店舗へと入っていった。

# 第四章　寝取られる嫁

## 1

客間の和室で、恭一の前に座卓を挟んで、楠本が神妙な面持ちで正座している。

仕事が終わって、楠本からお話があります、と言われて、今、こうして二人だけで逢っている。

話とはおそらく、恭一と妙子のことだろう。

楠本は先日、恭一の部屋での妙子との秘密の情事を盗み聞きしてしまった。

あれで、若女将と恭一との関係を知り、自分が求愛したのになぜ妙子に断られたのか理解したはずだ。

「何だ？」

恭一は意識的にぶっきらぼうに訊く。

「当主はおわかりになっているのではないでしょうか？」

楠本が冷静に言う。

少し顎が角張っているが、角刈りの端整な顔はいかにも職人らしい雰囲気をただよわせている。

「わからんな」

「先日、季節の生菓子の新作のことで、母屋をお訪ねしたのですが、そこで、とんでもないものを見てしまいました」

「……それで？」

「老舗和菓子屋『山村』では、スキャンダルは絶対に避けなければいけません。それは三代目も重々おわかりでしょう？」

「………」

「いくらお互いに伴侶を亡くしているとはいえ、三代目当主が息子の嫁だった若女将に手を出すとは……あまりにも無節操すぎます」

「だから？」

「若女将とは別れてください。お願いします」

「いやだと言ったら？」

「そのときは、このスキャンダルを公にします。こういうものもあるんです」

作務衣風ユニホームを着た楠本がポケットからスマホを取り出して、スイッチを入れた。

流れだしたのは、二人の歯が浮くような睦言と、妙子の喘ぎ声だった。

「これは？」

「スマホには録音機能があるんですよ。とっさに、録音させていただきました。これを、お得意様に聞かせてもいいんですよ。お茶の師範やうちの商品を扱っていただいている旅館の女将とかね……うちの大得意の呉服屋さんの夫人にもお聞かせいたしましょうか」

「……………！」

背筋が凍りついた。どうやら、この男の性格を見誤っていたようだ。

「私には腕があります。別にこの店が傾いても、かまわないんですよ。別の店に行けばいいんですから」

「どうしたら、それを消してくれるんだ？」

「……もう、若女将に手を出すことはやめていただきたい。それと……私が若女将とつきあうことを認めていただきたい。若女将から聞きました。三代目が反対していると。だから……お願いします」

　楠本が座布団を降りて、額を畳に擦りつけた。

「……しかし、どうだろう？　妙子さんがお前とつきあうことに同意すると思うか？」

「自信があります。若女将は私を嫌いではないと思います。私たちは気が合うんです。それは、若女将も感じていらっしゃると……」

　それは何となく、恭一も感じていた。だからこそ、楠本が妙子に告白をしたとき、気持ちが動いて、強引に妙子を抱いてしまったのだ。

　ここはどう出たら、すべてが上手くおさまるのだろう。

　楠本を辞めさせるのは簡単だが、そうなったら、楠本はますます憎しみを抱いて、この録音を公開するだろう。それは避けなければいけない。

　まずは、この録音を消させなければいけない。そのためには、二人のつきあいを認めることだ。しばらくはそれで様子を見よう。

「わかった。もう私は金輪際、妙子に手は出さない。それに、お前たちがつきあうことを認めよう。ただし、それは妙子さんの同意があったらの話だ。それで、いいな？」

「はい……申し分ありません」

「今、その録音を消してくれないか？」

「……いえ、当主のおっしゃったことが現実になったら、そのときには、目の前で消します。それまでは……」

「わかった。もう行っていい」

楠本が部屋を出ていった。

「妙子、そこにいるんだろ？」

襖越しに隣室に声をかけると、襖がスーッと開き、着物姿の妙子が入ってきた。

妙子が座卓の前に正座するのを見て、恭一は立ちあがって、後ろから抱きしめる。

春の草花の模様が散った着物の衿元から、右手をなかにすべり込ませた。手指が柔らかなふくらみをとらえて、妙子が「んっ」と低く呻く。

「聞いただろ？」

「はい……」

「楠本にも困ったものだ。どうしたらいいと思う?」

「わたしは、お義父さまとずっと一緒にいたいです」

「そうか……かわいい女だな」

恭一は解かれた、つやつやの髪を撫でる。

「しかし、一緒にいるためにも、楠本は何とかしないとな……楠本の案を呑まざるを得なかった。悪かったな」

「……ああせざるを得なかったと思います」

「そうか……ああは言ったけれども、俺たちはこっそりすれば、あいつにはわからないだろう。問題は楠本だが、どうだ? 真似だけでいいんだ。つきあってやってくれないか?」

「……いやです」

「そう言わずに……頼むよ」

乳房の頂を指でつまむと、

「んっ……!」

妙子が顔をのけぞらせた。

「真似でいいんだ。つきあってやってくれ。それで、上手くいかなければ、あいつも諦めるだろう。やってくれるな?」

懇願すると、妙子が小さくうなずいた。

「いい子だ。かわいがってやるからな」

衿元から差し込んだ手で、じかに乳房をつかんで揉みしだくと、

「いけません。また、誰かに……あっ! ぁあああ、いけません。見られる……ぁああうぅぅ」

妙子が身体を預けてくる。

そんな妙子を畳に倒し、着物の裾をまくりながら手を差し込んだ。

むっちりとして温かな太腿の奥に、湿った花園が息づいていて、そこに触れると、妙子は「ぁあうぅぅ」と必死に喘ぎ声を押し殺しながら、足を徐々にひろげていった。

## 2

それ以降、妙子と楠本は、恭一の公認のもとでつきあいはじめた。

と言っても、妙子は店番やお得意様まわりで忙しく、二人だけの時間を作るの

はむずかしい。

それでも、恭一は妙子の変化を感じ取っていた。

恭一の手前、妙子は弾む心を隠しているようだった。だが、恭一にはわかる。

妙子がどことなくウキウキしていることが。

(やはり、二人は馬が合うんだろうな。それに、妙子も俺みたいな年寄りより、三十八歳の和菓子職人のほうがつきあいやすいんだろう)

そう認めざるを得なかった。

しばらくして、妙子が相談がありますと頼ってきた。

楠本が身体を求めてくるのだと言う。そして、抱かせてもらえたら、あの録音は消すと言っているらしい。

「どういたしましょうか?」

妙子が打診してくる。

妙子が実際に楠本に抱かれることは、考えただけでもつらい。しかし、一度抱かせれば、あの決定的な証拠である録音を消すと言っているのだから、それは受け入れるしかない。あの録音が公開されれば、妙子も大いに困るのだから。

「妙子さんはいやだとは思うが、抱かせてやってくれないか」

そう答えると、妙子が眉をひそめた。

「よろしいんですか？」

「妙子さんとしては不本意この上ないだろうし、俺としても断腸の思いだ。だが、そうしないと私たちのことがばれる。そうなったら、この店は終わりだ。この界隈は老舗が多くて、みんな保守的だ。私たちの妙なウワサが立てば、この店も一気にお得意様を失うだろう。そうなったら……申し訳ないが、一度でいいから、抱かれてくれ。そうしたら、あいつは録音を消すと言っているんだ。消させしてしまえば、こっちのものだ。もうあいつとつきあう必要はない」

「お義父さまはそれでよろしいんですね？」

妙子が念を押す。

「ああ、しょうがない……ただし……勝手に抱かれるのは困る。うちでしてもらえないか？　そうしたら、俺も見守ることができる」

「見守る？」

「ああ……たとえば二階のあなたの部屋ですれば、俺も隣の部屋から、見守ることができる。妙子さんだって、そのほうが安心できるだろ。妙なことをするようだったら、俺が止めに入るから」

「でも、その間中、わたしはお義父さまに見られていることになりますね」

「ああ、最初だって、そうだったじゃないか。妙子がひとりでするところを俺が見守っていた。たぶん、そういう関係が合うんだ」

「……少し、考えさせてください」

妙子はすぐに答えずに席を立った。

(くだらない提案をしたんじゃないのか?)

恭一は自分を責めた。

だが、しばらくして、妙子があの件は了解しましたと伝えてきたので、ほっと胸を撫でおろした。

「ありがとう。終わったら、妙子を抱いてやるからな。汚されたお前の身体を清めてやる」

そう答えて、恭一は妙子を抱きしめた。

庭の満開の桜が散って、葉桜となった頃、恭一は仕事を終えた夜、酒席があるからと、家をいったん出た。

この日の酒宴のことは楠本にも伝えてあった。

そして、妙子はその夜に、留守になった家に楠本を引き込む手筈になっている。

近くの呑み屋で時間をつぶしながら、本当にこれでよかったのか、と自問自答した。

（これしかなかったんだ。これですべてが上手くいく）

自分を納得させた。

こうも思った。何もわざわざ自分が家に帰って、二人の逢い引きの現場を見守る必要などないんじゃないか？

しかし、今頃、妙子は楠本にあの美しい肉体を愛撫されているのだろうなと想像してしまい、そうなると居ても立ってもいられなくなった。

店を出て、急いで家に戻った。

母屋の二階の妙子の部屋に、明かりが灯っていた。静かに玄関を開けると、楠本の靴が置いてあった。

恭一は物音を立てないように、二階へとつづく階段をあがっていく。

廊下を歩き、隣室へと入った。

隣の部屋には二人がいるはずだが、やけに静かだ。何をしているのだろう？

丸椅子を持ってきて、襖の前に置き、座面にあがった。

欄間から覗くと、薄暗い照明のなかに、二人の裸身が浮かびあがった。

楠本が、布団に仰向けに寝た妙子に覆いかぶさるように唇を重ねている。

楠本は思ったより筋肉質で、精悍な体つきをしていた。浅黒い肌、逞しい肩の筋肉、引き締まった尻……。

しかも、惚れている女と初めて身体を合わせているというのに、妙な落ち着きがある。

（こいつ……！）

いやな予感がした。

長いキスを終えて、楠本の顔がおりていく。

乳房を揉みながら、乳首にしゃぶりついた。

そのとき、妙子と目が合った。

妙子は愛撫されながらも、じっと恭一を見ていた。助けを求めているような、すがるような目だった。

気持ちが揺らいだ。やめろ、と怒鳴り込みたい。しかし、二人の醜聞を抑えるためにはここで我慢しなければならなかった。

そのとき、必死に表情を変えまいとしていた妙子が目を閉じた。

「あっ」とか細く喘いで、顎をせりあげる。

また目を見開いて、恭一を見あげてきた。長い髪が解かれて、枕に扇状に散っていた。

妙子は唇を噛んで、必死に何かをこらえている。それでも、楠本に乳首を吸われ、下腹部を指でいじられて、

「あっ……」

と、また、こらえきれない声を洩らした。

そこからは雪崩を打つように、妙子の様子が変わっていった。

ぎゅっと目を閉じて、

「ぁあああぁぁ……」

切なげに喘ぎ、手の甲を口に添えた。

楠本に耳元で何か囁かれて、妙子は両手を頭上にあげ、右手で左手首を握った。

そうやって手をつなぎ、乳首を吸われて、思い切り顎をせりあげた。

（そうか……楠本は俺たちのセックスを盗み聞きして、どうすれば妙子が感じるのかを、つまり、妙子がM性を抱えているのを理解しているんだな）

楠本は顔をあげて、妙子の脇腹から腰にかけて指先を箒のように撫でる。そして、妙子はそのひとつひとつに反応して、

「あっ……あっ……」

と、身体を震わせる。

きっともう今は、恭一のことなど忘れてしまっているのだろう。

楠本がすらりとした足をあげさせ、さらに、腰を持ちあげた。

まんぐり返しの格好である。

楠本は足を押さえつけて、上を向いた女の秘苑に貪りついた。

狭間を舐められ、吸われて、妙子の様子がまたさらに変わった。

苦しい体勢を取らされて、つらそうな顔をしていたのに、クンニを受けて、

「ぁあああああ……」

眉根を吊りあげて、悩ましげに喘ぎを長く伸ばした。

ぎゅっと目を閉じていて、恭一のほうを見ようともせずに、もたらされる快感に酔っているように見える。

楠本は上を向いた花園を顔を大きく打ち振って舐め、さらに、卑猥な音を立てて、貪り吸った。

「ぁああ、許して……許してください……はうぅぅぅ」

妙子は顔をのけぞらせる。依然として、両手を頭上でひとつにつないでいる。

そして、見えない拘束具でくくられているかのように、手を放そうとはしないのだ。

恭一はそんな妙子の悩ましい表情に視線を釘付けにされていた。

楠本がクリトリスを舐め、吸いあげ、

「ぁあぁうぅぅ……!」

妙子の爪先が反った。

そのとき、楠本が妙子を座らせて、その前に仁王立ちした。

陰毛からそそりたっているものを見て、恭一は唖然とした。大きさはさほどでもない。だが、恭一とは勃起の角度が違う。

臍を打たんばかりにいきりたつ肉柱を見て、妙子がハッとしたように目を見開くのが見えた。

「妙子さん、申し訳ないが、これをしゃぶってもらえませんか?」

楠本が言って、妙子が顔をそむけた。

すると、楠本が説くように言った。

「頼みます。あなただっておフェラは嫌いじゃないでしょう? 店主とのセックスを聞いていて、理解したんですよ。あなたはマゾだ。しかも、ご奉仕するのが大好きな……あなたは男に尽くせば尽くすほどに燃える。そういう素晴らしい女性だ。そして、俺はSなんですよ。相性がぴったり合うはずです……若女将、いや、妙子さん。あなたに逢った瞬間、一目惚れしました。あなたのためなら、何だってできます。命懸けでお守りします」

それを聞いて、妙子が楠本を見あげた。

「一周忌が過ぎるのをずっと待っていたんです。あなたのためなら、何だってできる。わかってください」

楠本が言って、妙子が口を開いた。

「わたしは義父と関係を持った女なんですよ。そんなわたしを愛せるんですか？」

「もちろん……三代目は立派な和菓子職人です。わたしも尊敬しています。妙子さんもそうでしょう。ですが、お二人の関係は醜悪すぎる。解消すべきです。俺が相手なら、後ろ指をさすものはいません。店主から離れて、俺のところへ来てください。絶対にあなたをお守りします」

楠本の言葉に、恭一は圧倒された。

真実だと思ったからだ。

おそらく、妙子も心を動かされたのだろう。妙子が見あげながら、亀頭部に舌を這わせた。

舐めながら、じっと楠本を見あげている。

妙子は顔を横向けて、亀頭部の裏に舌を這わせる。そうしながら、右手で屹立を握った。

恭一の嫉妬に満ちた視線を感じたのか、ちらりと欄間を見あげ、すぐに目を伏せた。

それから、逡巡を振り切りでもしたように、亀頭部に唇をかぶせた。

途中まで頬張って、なかで舌をからませているのがわかる。吸い込んだのだろう、頬が大きく凹んだ。

その状態でゆったりと顔を打ち振る。

(妙子……！)

恭一はその光景に打ちのめされた。

自分が名誉を守るために、妙子にこうしろと強制したようなものであり、またわざわざその現場を見にきたのだから、こうなる覚悟はできていた。

しかし、楠本に情熱的な愛の言葉を吐露され、妙子はそれを受け入れた。

（この瞬間、妙子は俺ではなく、楠本を選んだ）

実感として、そう思ったのだ。

体のなかから、潮がザーッと退いていった。

妙子が指を離して、口だけで肉棹を頬張り、勢いよく楠本をすべらせる。

（もう、無理だ。見ていられない）

恭一は物音がしないようにそっと椅子を降りて、部屋を出ていく。

3

階段を静かに降りながら、恭一は打ちのめされていた。

自分が、楠本に負けたような気がしていた。

（しかし、妙子も妙子だ。俺が見ているのを知った上で、自分から咥えにいった……やはり、楠本に妙子を抱かせるべきではなかった。しかし、そうしないと、俺と妙子の仲が公になって、とんだスキャンダルになったのだから、これしか方法はなかった……）

静かに玄関を出て、店の真裏にある厨房に向かった。

何か用があるわけではないが、昔から何か困ったことがあったときには、不思議に厨房に足が向いてしまう。

厨房には明かりが灯っていて、この店のユニホームである作務衣を着て、頭に和帽子をかぶった背の低い女の後ろ姿が見える。

藤沢八重だった。

二十六歳の新人和菓子職人である。息子が素質を見いだして雇ったのだが、指先が器用でセンスもあるから、恭一も彼女の将来を高く買っていた。

「八重さん……どうした、こんな時間に？」

「ああ、師匠……すみません。勝手に厨房を使わせていただいて……新しい生菓子の試作をしていました」

八重が答える。

客の前には出ることのない和菓子職人をするには惜しいような、かわいい顔をしている。

頭には白い和帽子をかぶっていて、顔は小さい。

だが、目はぱっちりとして、常に意欲的だ。微笑むと目尻がさがり、口角があがって、愛嬌のある顔になる。

小柄だが、胸は大きく、今も作務衣の上着の下に着た白いTシャツが大きくふくらんでいる。

「ほお……」

厨房の台の上を見ると、濃いピンクの花びらが幾重にもかたどられた生菓子が載っていた。

「これは……八重桜だな」

「はい……わたしの名前が八重ですから、それにちなんで作ってみました。すみません。なかなか思い通りにはいかなくて……まだまだです」

恭一は形を見て、その見事な造形美に驚いた。

八重桜を和菓子で再現するのは、難しい。

普通のサクラは花弁が五枚だが、八重桜の場合、二十枚から七十枚も花びらがある。やや大きめで、形も丸く、それを八重桜と認識させることは困難だ。

しかし、今目にしているものは、丸々としているのに、八重桜だとわかる。これはひとえに、造形力のたまものだろう。

「いいじゃないか……試食していいか？」

「はい……まだまだですが」

恭一は竹の菓子楊枝でそれを二つに切る。

なかには白餡が入っていたが、その内側にも異質の白いものがある。

「これは？」

「はい、生クリームです。和と洋を合わせてみました」

「ほお……」

片方を楊枝に刺して、口に運んだ。

（これは……！）

桜餅と同様の香りがして、外側の濃いピンクに彩られた練り切りは、柔らかくて、口のなかで溶けていく。

内側は白餡の味だが、中心に生クリームが入っていて、それが不思議なハーモニーをかもしだしている。

「いかがでしょうか？」

八重が心配そうに訊いてくる。

「うん、悪くはない。改良の余地はありそうだが……」

「わたしもそんな気がします。何かが足りないというか……」

「逆に入れすぎなのかもしれないな。上手く調整したら、もっとダイレクトに美味しさが伝わってくるんじゃないか？」

「……なるほど。考えつきませんでした。もう一度、考えてみます」

そのとき、恭一にはある考えが閃いていた。

「これはまた考えるとして……どうだ、八重、今度の六月の生菓子を作ってくれないか？　そうだな。紫陽花《あじさい》がいい。紫陽花をモチーフに、六月の生菓子を作ってみないか？」

提案した。すると、八重が小首を傾げた。

「でも、六月は楠本チーフが季節の生菓子をお作りになるはずですが……」

「わかっている。楠本は腕は悪くない。だが、新しい味を作りだせるタイプではない。保守的で堅実だが、閃きがない。しかし、お前にはセンスがある。閃きもある。それに、手先も器用だ。やってみなさい。楠本には俺のほうから言い聞かせておく」

「それでしたら、やってみたいです。やらせてください」

八重が深々と頭をさげた。

「そうしてくれ。ただし、うちはただでさえ職人が少ない。時間内はこれまでどおりのことをして、創作は仕事が終わってからしてくれ」

「はい……！」

そう答える八重の大きな瞳がきらきらと光っている。

（この一生懸命さがいい。このひたむきさがずっとつづけば、女性和菓子職人として名を成すかもしれない）

もう一度、八重が深々と頭をさげた。アップにされた髪からのぞくうなじが見えて、恭一はドキッとしてしまう。

八重桜のような華美な感じはないが、清楚でありながら、一直線に突き進んでいく女のけなげさが感じられて、それが男心をかきたてる。

とくに、恭一のような年上の男には弱いタイプだろう。そんな気持ちの揺れを押し隠して、

「じゃあ、頼むぞ」

恭一は厨房をあとにすると、また母屋に向かった。

## 4

さっき母屋を出て、すでに二十分ほど経過している。

（楠本は帰ったのだろうか？）

玄関の三和土《たたき》を見ると、楠本の履いてきた靴がまだあった。

（まだ、いるのか？）

一階には気配はないから、いまだ二階の妙子の部屋にいるのだろう。

静かに階段をあがり、廊下を歩いているときから、「あん、あん、あん」という妙子の喘ぎ声が聞こえてきた。

妙子は、欄間から恭一の顔が消え、気配がなくなったから、恭一は耐えられなくなってこの家を出たと思っているのだろう。それで、ためらいもなく、こんなにあからさまな声をあげているのだ。

（そうか……そんなに楠本のセックスがいいか！）

恭一は隣室に音もなく忍び込んで、丸椅子の上に立った。

唐草模様の欄間から隣室を覗くと——。

乳房の上下を赤いロープのようなもので縄化粧され、両手を背中の後ろでひとつにくくられた妙子が、楠本の下半身にまたがり、激しく腰を上下動させて、

「あんっ、あんっ、あんっ……」

と、喘いでいた。

黒髪はざっくりと乱れて、上下の裾野を二重になったロープでくくられて、いっそうたわわさを増した乳房が舞い躍っている。

ピンクの乳首がツンと上を向いてせりだして、いやらしい光沢を放っている。

「もっと腰をつかえ」

「はい……はい……ぁああ、もう、もう許して……お願いします」

「ダメだ。許さん」

M字に開かれた太腿の裏を、楠本は下から手で支えるようにして、下から突きあげはじめた。

野太い赤銅色の屹立が妙子の恥肉をずぶずぶと犯していき、

「あんっ、あんっ、あんっ……ぁあああ、いいんですぅ……ぁあああ、へんになる！」

妙子がさしせまった声をあげて、ぶるぶると小刻みに痙攣している。

（妙子……！　お前、こんなになるのか！）

恭一を相手にしたときも何度も気を遣った。だが、こんな一線を越えた痴態は見せてくれなかった。

楠本が突きあげをやめると、もっと突いてとばかりに、妙子は自分から腰をく

ねらせ、擦りつけて、

「ぁあああ、意地悪しないでぇ……お願い。妙子をメチャクチャにして。お願いです」

両手を後手にくくられた不自由な格好で、狂ったように腰をくねらせてつづけた。

「俺の女になるか？」

「はい……なります」

楠本が言って、

妙子が逡巡なく言った。

「じゃあ、三代目とは完全に切れられるな？」

「はい……別れます」

「ウソじゃないな」

「ウソではありません」

「いいだろう」

楠本は妙子を上からおろして、布団に這わせた。

妙子は顔の側面と両膝で身体を支えて、バランスを取っている。

楠本が両膝をついて、後ろから屹立を押し込んでいく。それが嵌まり込んでいくと、

「うあっ……！」

妙子が低いが凄艶な声を洩らした。

楠本は背中でひとつにくくられているロープの結び目をつかんで、自分のほうに引き寄せながら、後ろから打ち込んでいく。

（ああ、そうだった。妙子は縛られて、後ろからされるのが好きだと言っていた。今、それを楠本にやられて、満足していることだろう。そうか、肉体の相性がいいのは俺ではなく、楠本のほうだったのか！）

楠本と戦って妙子を引き戻すという意欲が、見る見る失せていく。

「どうだ、気持ちいいか？　奥を貫かれているようだろ？」

楠本が言って、

「はい……おチ×チンがわたしを蹂躙してくる」

妙子が答えた。

「それがいいんだろ？」

「はい……いいんです。おかしくなりそう」

「おかしくなっていいんだぞ。狂ってしまえ。堕ちろ。堕ちていくのが気持ちいいんだろ？」

「はい、堕ちていくのが……」

「もっと堕としてやる。そうら、狂えよ」

楠本が背中の赤い結び目をつかんで引き寄せながら、激しく腰を叩きつけた。

「あんっ、あんっ、あんっ……ぁあああ、もう、もうダメぇ……いやぁあああ、ぁあああああああ、あうぅぅ」

妙子はほとんど泣いているようだった。

こういうのをよがり泣きと言うのだろう。恭一はここまで女を狂喜させたことはない。

楠本は激しく腰を叩きつけながら、尻を手のひらで叩いた。

パン、パチーンと乾いた音が撥ねて、

「ぁあああ、いやぁああ！」

妙子が訴える。

「いやじゃないだろ。本当は気持ちいいんだろ？　苦しさが快感につながる。妙子はそういう女だ。前からそんな気がしていたんだ。そうら、もっと叩いてやる」

すぐに赤く染まってきた尻たぶを、さらにスパンキングしながら、楠本は激しくイチモツをめり込ませる。

「ぁああ、あああああ、許して……許してください」

「ダメだ。お前がイクまで許さない。妙子が許してもらえるのは、気を遣ったときだけだ。わかったな？」

「はい……はい……はい……ぁぁあああああ、イキます。イッていいですか？」

「いいだろう。俺も出すからな。妙子も俺の精液が欲しいだろ」

「はい、欲しい。あなたの精液が欲しい」

「よし、くれてやる」

楠本がつづけざまに強烈なストロークを繰り出したとき、

「イク、イク、イキます……やぁああああああぁぁぁぁぁぁぁ！」

妙子は家中に響きわたるような絶頂の声をあげて、のけぞった。

その直後に、楠本も「うっ」と呻いて、尻を震わせた。

ザーメンを妙子のなかに放っているのだ。そして、妙子もそれをいやがらずに受け止めている。

しばらく妙子の痙攣がつづき、どっと前に突っ伏していく。

それを追って、楠本も覆いかぶさり、じっとしている。

恭一も自分の存在を悟られまいと、微塵も動かない。

やがて、楠本が結合を外して、妙子の背中の結び目を解いて、ロープを外しはじめた。それを見て、恭一はそっと椅子を降り、部屋を出た。

# 第五章　八重が咲く

1

その夜、恭一と妙子は母屋で、二人で夕食を摂っていた。

(どんどんきれいになっていくな……)

恭一は箸を使う妙子の姿を忸怩《じくじ》たる思いで、眺める。

あの夜、妙子は楠本に抱かれて、本当は自分が誰を求めているのか実感したのだろう。

恭一はあれから数回抱こうと挑んだものの、妙子にかわされた。それにつれて、恭一も妙子に対する愛情が急速に冷めていくのを感じた。

（俺は楠本に妙子を寝取られたのだ。肉体的なもの以上に、妙子は以前から楠本に好意を寄せていた。そして今は、もう完全に楠本に心身ともに惚れてしまっている。しょせん、俺は息子の代わりだった。新しい男が現れたら、忘れられる存在だったのだ）

そう感じた恭一は、妙子の本心を確かめた。

問い質すと、やはり、楠本との一夜が忘れられないのだと言う。

『惚れたのか？』

訊くと、

『……はい』

妙子が答えた。

『妙子さんの見ている前で、楠本はスマホの録音を消したんだな』

『はい……しっかりと確認しました。コピーは取っていないようです』

『それで、妙子さんは楠本とつきあいたいのか？　正直に言ってくれ。怒りはしないから』

『……つきあいたいです』

『わかった。二人が正式につきあうことを認めようじゃないか』

『本当によろしいんですか？　お義父さまのお気持ちは……』

『いいと言ってるだろ。妙子さんが楠本に縛られていたとき、じつは俺は戻ってきて、欄間から見ていたんだ。楠本には敵わないと感じた。あなたにはこの男のほうが合っていると。それに……考えたら、二人が一緒になったほうが、うちは上手くまわる。だから、もう反対はしない。楠本とつきあうことを許す……ただし、どうせなら、楠本と結婚しろ。そうすれば、俺も跡取り問題で悩まずに済む。わかったな？』

『……お義父さまがそうおっしゃるなら』

妙子がそう答えた。

正直なところ、妙子への思いはまだ残っている。しかし、それを表に出せば、自分が惨めになるだけだ。

それに、妙子は息子の嫁だった女であり、義父が手を出してはいけない相手だった。この関係自体が不自然なものだったのだから、ある意味、これはなるべくしてなった結末とも言える。

（これ以上深入りしなくて、かえってよかったのかもしれない）

恭一はそう考えることにした。

それ以降、妙子は急速に楠本と関係を深めていった。さすがに家で逢うのははばかられるようで、逢引きの場所はもっぱら楠本の借家のようだ。

そして、密会を重ねるごとに、妙子はどんどん艶めかしくなっていった。

箸を止めて、妙子が言った。

「そう言えば……藤沢八重が六月の生菓子を作っているようですが、あれは、本来なら、楠本さんが作るべきものではないでしょうか？」

「ああ……そのことは、楠本にも言ってあるんだが……藤沢八重には才能がある。修業を積めば、いい和菓子職人になる。だから、今からいろいろとやらせておこうと思ってね。もちろん、まだ信頼は置けないから、楠本にも紫陽花をモチーフとした六月の生菓子を考えるようには言ってある。それが何か、問題か？」

「……楠本さんに失礼に当たらないでしょうか？」

「ならないさ。楠本は保守的でそつがない。しかし、これという閃きが少ない気がする。もしこれで、楠本が奮発してくれれば、意外にあいつも成長するんじゃないか？　このまま行って、妙子さんと結婚することになったら、楠本が四代目になる。ただ伝統を守るだけなら誰だってできる。だが、老舗と言っても、それだけでは衰退の一途をたどる。これは、楠本に成長してもらうためでもあるんだ。

わかってくれ」

思いを告げると、妙子は少し考えてから、言った。

「わかりました。でも、藤沢八重には気をつけてくださいね」

「八重に気をつけろ、とは？」

「言葉通りの意味です」

妙子は会話を立ち切って、また箸を動かしはじめた。


五月に入ったその夜、店の営業を終えて、恭一と妙子、楠本と八重が厨房に集まっていた。

八重に命じておいた紫陽花のモチーフを扱った六月の生菓子ができあがったというので、それをみんなで試食するところだ。

八重が試作品を披露したとき、三人が息を呑んだ。

『手鞠』と名付けられた紫陽花の和菓子は、毬のように丸くなっており、表面には透明感のある花たちが黄緑、青、赤、紫の色に煌めいていた。

砂糖を入れた寒天を、綿玉羹《きんぎょくかん》と言う。

和菓子の食材として、決して珍しいものではないが、その色の饗宴が圧倒的だった。

しかも、三つ並んでいて、それが実際の紫陽花の変化を現しているのだろう。それぞれ、黄緑、青と赤、紫が強調されている。

(天才だ……!)

と、恭一は感じた。

八重の父親は京都のほうで、和菓子職人をしていたらしい。

だが、父親に女ができて、その女と一緒になるために、何やかやと理由をつけて離婚させられた。つまり二人は捨てられたのだ。

それから、八重は母親とともにこの町に来た。母親は今もこの地でひとりで住んでいると言う。

八重の才能は、その父親から受け継いだのだろう。

おそらく妙子も楠本も同じような考えに至ったのだろう、二人も視線を釘付けにされている。

「見た目はいい。しかし、見た目だけではなく、味が勝負だからな」

恭一が言うと、

「では、召し上がっていただきます」

八重が言う。

三人は各々がひとつずつの『手鞠』を菓子楊枝を使って切り、口に運んだ。

寒天と求肥に包まれた白餡、そして、中心に入っている味のない寒天が絶妙なハーモニーを奏でている。

「いかがでしょうか？」

「味つけされていない寒天を、ただ触感の醍醐味という点だけで、中心に入れるとはな……我々では考えつかない。ユニークで斬新で、きれいだ。申し分ない。このまま、店に出せる」

「ありがとうございます」

八重が深々と頭をさげた。

「二人はどうだ？」

一応、楠本と妙子に訊いてみた。

「ですが、お茶請けとしてはどうなんでしょう？　それに、食べるときにぽろぽろと落ちてしまいます」

楠本が非難じみたことを言う。

「確かにな……しかし、若い女性には受けるだろう。女性なら心を洗われるんじゃないか？　どうだ、妙子さん？」

「確かに、心が洗われるようです。伝統を重んじるうちの主力商品にはなりませんが、これなら充分にお店に出せると思います」

妙子が公平な意見を述べる。

「では、六月になったら、これを出してみよう。ああ、それから、楠本は紫陽花ではない何か他のものを考えてくれ。いいな？」

「はい……」

怒りを抑えて、当主の意見を呑む楠本の内心の舌打ちが聞こえてくるようだった。

そして、恭一は母屋に戻りながら、考えていた。

（藤沢八重は上手く育てれば、金沢の和菓子のスターになる。俺が育ててやる）

## 2

一週間後の夜、妙子は楠本が住む借家に行っていて、留守だった。

おそらく今夜も帰りが遅くなるだろう。

そろそろ妙子が、楠本に抱かれている頃だなと思うと、いたたまれなくなった。厨房の明かりは消えているから、今夜、八重は裏の離れにいるのだろう。

(行ってみるか……)

自分がいかに八重を高く評価しているかを、伝えておきたかった。四代目は楠本が継ぐとして、八重には将来的にはうちの五代目を継げるだけの実力を持ってほしいとまで考えていた。

平屋の離れの窓には、薄く明かりが灯っている。

(もう、寝ているのか？　いや、まだ七時だ)

静かに近づいていき、窓辺に寄ったとき、

「ぁあああああ、んんんんっ……はあはあはあ……ぁああうぅぅ」

八重の抑えた喘ぎ声が、わずかに外に洩れてきた。

(えっ……？)

カーテンの引かれた窓に耳を寄せて、息を詰めると、部屋のなかから、

「んんんっ、んんっ……ぁあああ、若旦那……」

八重の声が洩れてきた。

(今、若旦那と言っていたな……八重が若旦那と言えば、俊夫のことを指す。と

いうことは、八重も俊夫が好きだったのか？　まさか、聞き違いだろう……）

恭一は玄関に手をかけてみた。すると、スーッと戸がすべった。

離れには基本的には誰も来ないから、いつも鍵はかけていないのだろう。かけるとすれば、就寝時だけか。

本当はこんなことをしてはダメだ。わかっている。しかし、さっき聞いた八重の喘ぎが恭一の理性を奪っていた。

恭一は廊下を忍び足で歩いて、和室になっている寝室の前で足を止めた。

こちら側は雪見障子になっていて、透明なガラスからなかの様子が見える。

ぼんやりした枕明かりのなかで、布団に横臥した八重の後ろ姿が見えた。はっきりとは見えないが、寝間着代わりにしている紫陽花の柄の浴衣の裾を乱して、指で自身を慰めているようだ。

恭一は強い衝撃を受けた。

和菓子作りひとすじで、およそ男のことなど眼中にないという顔をしていた八重が、自分を慰めている。いや、もう二十六歳なのだから、女の性欲を持て余すことだってあるのかもしれない。

「ああ、若旦那……一度でいいから抱かれたかった。好きでした……ぁああああうぅぅ」

今度ははっきりと『若旦那』と聞こえた。

(そうか、八重は恭一に拾われたから、恩義を感じていた。それが、愛情に変わっていたのか……。しかし、それは片思いで、八重は息子と肉体関係を持つことはなかった。だから今も、抱かれたかったと独り言を言っているのだ)

八重は尻を後ろに引いて、片手を太腿の奥に伸ばし、もう一方の手で浴衣ごと胸のふくらみを揉んでいるようだった。

「ぁああうう……！」

八重が顔をのけぞらせた。

右手の動きで、八重が指を膣に挿入して抜き差ししていることがわかった。

(そうか……そんなに男としたいか　お前も一人前の性欲を抱えているんだな)

そう強く感じたとき、恭一のなかでひとつの思いが結実した。

才能にあふれた女性の和菓子職人、持て余している女の性――

八重はまだ若い。自分が八重の男になれば、意のままになる。自分が後ろ楯になって、八重を和菓子界のスターに育ててみたい。

雪見障子を開けて、部屋に踏み込んだ。

「あっ……！」

八重がこちらを振り向いて、目を大きく見開く。

それから、上体を立て、背中を向けて、あわてて浴衣の裾をおろし、ぎゅっと足を閉じ合わせた。

「八重、いいんだ。恥ずかしがらなくても……」

恭一は八重を怖がらせないようにやさしく言って、後ろからそっと抱きしめる。

「すみません、わたし……」

「いいんだ。責めているわけじゃない。俺がここに来たのは、八重に大事な話があったからだ。そうしたら、声が聞こえてきた。悪かったな。勝手にあがり込んで」

八重は黙っている。羞恥心と驚きが先に立って、どうしていいのかわからないのだろう。

「八重を和菓子界のスターに育てたいんだ。お前にはそれを叶えるだけの才能がある。父親から受け継いだんだろうな。俺はもう歳だからな。当主を楠本に譲ろうと思っている。近々、楠本は妙子と夫婦になる。そうなったら、それが自然だ。しかし、凡庸な楠本ではうちはこれ以上日の目を見ない。だが、八重ならうちの店をもっと大きくできる。俺が後ろ楯になって育ててやる。将来は楠本の跡を継いでくれないか？　お前ならできる。それもなるべく早くな」

言い聞かせて、小柄な肢体をぎゅうと抱きしめた。

「うれしいです。尊敬する師匠にそんなに高く評価していただいて……じつはわたしにも野心があります。立派な和菓子職人になって、わたしたちを捨てた京都にいる父親を見返してやりたいんです」

「そうか、お前たちは捨てられたのか……だったら、なおさらのこと、お前たちを捨てた父親に目に物見せてやろうじゃないか」

恭一は後ろから右手を、浴衣の衿元からすべり込ませた。

すぐのところに、汗ばんだたわわな乳房が息づいていて、柔らかなふくらみが指腹を押し返してきて、

「あっ……！」

八重がびくっとする。

「私たちが組めば、父親を見返すことができる……。お前が必死に和菓子を作る理由がよくわかった。だが、それは後ろ楯がなければ、どうにもならんことだ。俺が後ろ楯になってやる。これから、八重を本格的に売り出してやる」

「本当ですか？」

「ああ、本当だ。だから、俺の女になれ……それとも、俺には指一本触れさせたくないか？」

「……いいえ。当主を拝見していると、若旦那の面影が重なってきます。だから、いやだってことはありません。ただし……」

八重が言葉を切ってから、言った。

「……わたしはほとんど男性を知りませんし、師匠に満足していただけるような身体ではないと思います」

「バカなことを……ほら、この胸にしたって、豊かで、柔らかい。恵まれた乳房じゃないか……それに、性感帯のほうは俺が開発してやる。和菓子作りだけではなく、セックスも教えてやる」

恭一が乳房の中心の突起をくりっと指で転がすと、

「うんっ……！」

八重がびくっと肩を窄めて、小さく震えはじめた。

「処女なのか？」

「いえ……でも、同じようなものです」

「男は何人知っている？」

「……言わなくてはいけませんか？」

「ああ、教えてくれ」

「……ひとりです」

「ひとり？」

「はい」

「……いつ？」

「もう随分と前です。忘れてしまいました」

八重のその少ない男性遍歴を、恭一は好ましいものに感じた。それならば、自分の色に染めていける。

気になっていたことを確かめた。

「さっき、若旦那と言っていたようだが、俊夫とはしていないんだな？」

「もちろん」

「好きだったのか？」

「……恩人ですし」

「そうか……もう俊夫のことは忘れろ。俺が息子の代わりをする。あいつはお前はとても見込みがあると言っていた。あいつの見立ては正しかったようだ。公私ともにお前の師匠にならせてくれ」

「……本当に師匠を信じていいんですね？　わたしを一人前の職人に育ててくださいますね？」

「ああ、約束する。俺を信じろ」

「信じます」

「それでいい」

恭一は八重をそっと布団に仰向けに寝させた。

八重はぎゅっと目を閉じている。長い睫毛が震えている。そんなけなげな八重が、愛おしくてならない。

浴衣の衿元をつかんだ。紫陽花の柄の浴衣をさげて、腕を袖から抜く。

もろ肌脱ぎになって、たわわな乳房があらわになった。

目を見張るほどの見事な乳房だった。

大きいし、形もいい。

乳首も乳輪も透きとおるようなピンクだ。その淡いピンクの乳首が、ツンと頭を擡げている。

視線を感じたのか、八重が乳房を両手で隠した。

その手をつかんで開かせる。

（こんな可憐な顔をしているのに、この巨乳とは……）

グレープフルーツを二つつけたような乳房は、青い血管が透け出るほどに薄く張りつめていて、そのミルクを溶かしたような乳肌が繊細さと危うさを感じさせる。

「大きいな。いつからこんなに立派になった？」

「……中学生のときから。すごく恥ずかしかった」

「そうか……血管が透けているな。乳首も薄桃色で、桜のような色をしている。このまま、和菓子にでもできそうだ」

腕を放し、その手でそっとふくらみをつかんだ。

求肥のような柔らかな肉層とさらっとした肌が手のひらに吸いついてきて、じっくりと揉みあげていくと、

「んっ……あっ……」

八重は右の手のひらを口に当てて、かすかに喘いだ。

「きれいな胸をしている。肌がピチピチなのに、しっとり感もあって、その配合

が絶妙だ。素晴らしいよ。舐めていいかい？」

「……はい」

桜のように薄いピンクの乳首を、舌で静かに下から上へとなぞりあげた。濡れた舌の表面が小さな突起を上へと押しあげていき、それが舌から離れて、小さく揺れ、

「あっ……！」

八重がか細く喘ぐ。

さっきから感じていたことだが、八重の喘ぎ声は、ずっと耳の奥にしまっておきたくなるほどに愛らしく、悩ましい。

下から上へと何度もなぞりあげると、見る間に突起がそれとわかるほどに長く伸びて、硬くなってきた。

そのしこってきた乳首を、今度は横に弾く。

左右に振ると、いっぱいに出した舌先が突起を押しながら揺らして、

「んっ……！　あっ、あっ……ぁあうぅ、師匠……」

八重が顔を大きくのけぞらせる。

「どうした？」

唇を接したまま訊いた。

「すみません。何だか、うっとりしてしまって……」

「それが感じるってことだ。うっとりして、我を忘れなさい。そうすれば、もっと気持ち良くなれる。わかったな？」

「はい……」

恭一は左右の乳首を丹念にかわいがった。

右の次は左を、左の次は右の乳首を舌で転がしつづけると、八重の洩らす声が徐々に大きく、激しいものになった。そろそろいいだろうと、乳首を吸ってやる。チューッと吸いあげると、

「ぁあああ……！」

八重は一段と大きな声を噴きあげて、顎をせりあげて、首すじを一直線に伸ばした。

（こんなに感じて……まだひとりしか男性経験はないらしいが、身体のほうはもうメスの肉体なんだろうな。打てば響く身体をしている）

右手をおろしていき、浴衣の張りつくウエストから太腿を撫でた。

膝のあたりまでおろした右手で浴衣をはだけさせ、太腿の内側を撫であげる。

「あっ、いやっ！」

八重が反射的に膝を閉じた。

「すごい力だな。手が痛いよ。力をゆるめてごらん……大丈夫、絶対に乱暴にはしないから」

言い聞かせると、ようやく膝の力が抜けていった。

ひとつも引っかかるところのないすべすべの内腿をなぞりあげていく。潤みきった柔肉を指腹に感じた。

もっとも柔らかなところに指を置くと、肉の扉が割れて、濡れた粘膜が指にからみついてきて、

「……あっ……」

八重がびくっと震えた。

「すごく濡れているね。さっき、自分でしていたからかな？　それとも、胸をかわいがってもらって感じたのか？　どんどん濡れて、開いてくる」

「ぁああ、師匠、言わないでください……恥ずかしい、恥ずかしいよぉ」

「ひとつも恥ずかしがる必要などないさ。こんなに濡らしてくれて、ありがたいよ」

見あげて言って、恭一はふたたび乳首を舐め、吸った。

そうしながら、右手の中指を上下させて濡れ溝をかるく叩くようにする。少しの間があって、八重の下腹部が持ちあがってきた。

ちゃっ、ちゃっ、ちゃっ、ちゃっと粘着音が撥ねて、もっと強く触ってとでも言うように、濡れた恥丘がぐぐっ、ぐぐっとせりあがってくる。

恭一が強めに乳首を吸い立てたとき、

「ぁあああぁぁぁ……ぅううう……」

八重が洩れた喘ぎ声を右の手のひらで口を押さえて、封じ込めた。

それでも、すでに身体は反応しており、下腹部が強い刺激を求めて、押しあがってくる。

(よしよし、いい感じだ)

恭一は乳首を舐め転がしながら、下腹部を中指でまさぐる。

あふれでた淫蜜を指ですくって、それを上方の肉芽に擦りつける。クリトリスを濡らして、細かく刺激してやると、

「ぁあああ、そこはダメです……いや、いや、いや……はうぅぅ」

浴衣が張りつく左右の足を開き気味にして、腰をせりあげる。もっと欲しい、

もっと触って、とでも言うように、腰を上下に振っては、

「あっ……あっ……はうぅぅ」

上品な顎をせりあげる。

たまらなかった。

その姿から、妙子の熟れた官能美とは違う、若くフレッシュなエロスが噴きこぼれる感じだ。

しかも、とても感じやすい肉体をしている。今でこれなのだから、育てていけば、どこまで成長するのだろうか。

期待に胸ふくらませながら、左手でゴム毬のような乳房を荒々しく揉みしだき、右手の指でクリトリスをまわすようにして、なぞる。

「ぁああ、師匠、それ以上はいけません」

八重が言う。

「どうして?」

「どうしてもです」

「感じすぎるんだな?」

「……はい、自分を見失ってしまいます」

「いいんだぞ。自分を見失うのがセックスなんだから。和菓子作りに邁進するのもいいが、たまには我を忘れることをしないと。オンオフの切り換えができない職人は早く潰れる」

言い聞かせて、恭一は浴衣の半幅帯を解き、抜き取っていく。

3

それから、浴衣を下に敷く。紫陽花柄の上に、若くたおやかな肢体が横たわっている。

やや小柄だが、手足は長い。

こんな華奢な体つきなのに、どうして、こんな豊かな乳房がついているのか、そのアンバランスさが男心をかきたててくる。

恭一は足の間にしゃがんで、膝をすくいあげた。

「あんっ……」

両足をM字に開かれて、八重がとっさに股間を手で隠した。

その手をどけると、本当に薄い若草のような繊毛が茂り、その下側に女の花が口を閉ざしていた。

色も淡いピンクで神々しいほどに清廉だ。

土手高でふっくらとした全体の中心に溝が走っていて、餡を包んだ求肥の真ん中に筋を一本刻んだ和菓子のようでもある。

だが、谷間からあふれた水で中心に近い部分がぬめ光っており、その清水のような一筋の流れがつやつやと光っていた。

恭一はそっと顔を寄せた。狭間をスーッと舐めあげると、

「んっ……！」

八重がびくっとして腰を撥ねさせる。

つづけざまに舌を走らせると、肉びらが見る間にひろがっていき、そこから濃いピンクにぬめる内部が現れた。

唾液と愛蜜で薄紅色の粘膜が妖しいほどにぬめり、時々、ひくひくっとうごめく。

「わたしのような者に師匠がこんなことをなさってはいけません。ダメです、ダメ……ぁあああ、ああああうぅぅ」

八重の言葉が陶酔の喘ぎに変わった。

恭一は上方のクリトリスにも舌を届かせる。

八重のそこはとても小さかったが、包皮を剝いて、舌であやすうちに、どんどんふくらんできた。珊瑚色にぬめる突起を下から舐めあげると、それが感じるのだろう、八重は、

「あっ……ぁあああ、怖い……へんになる。へんになってしまう……ぁあああ、師匠、もう、もう……」

そう言いながら、下腹部をもどかしそうにせりあげる。

「へんになっていいんだ。ここを吸ってもいいか？」

「えっ……？　わかりません」

「クリを吸われたことがないのか？」

「はい……」

「そうか……試しにやってみてもいいか？」

「はい……」

恭一は狙いを定めて、肉芽を根元ごと口に含んだ。そうして、甘噛みするようにぐにぐにすると、

「あっ……あっ……」

八重ががくがくと腰を揺すって、顔を大きくのけぞらせた。

（よしよし、ここで……）

恭一は根元ごと強く吸い込んだ。すると、口のなかに肉の芽が入り込んできて、
そこでもう一度吸うと、

「ぁああ……！」

八重が悲鳴に近い声を放って、腰を浮かせた。

まるで、クリトリスで吊りあげられたように下腹部をせりあげ、その状態で細かく震える。

（感じているな……！）

恭一はいったん吐き出し、周囲と本体を一転してやさしく舐める。それから、
また強く吸い込む。

それを繰り返していると、八重はもう息も絶え絶えになって、

「ぁああ、師匠……イキそう。イッてしまう」

さしせまった様子で訴えてくる。

「いいんだよ。イッて……クリならイキやすいんだね？」

「はい……」

「いいよ、気を遣って……ああ、そうだ。自分で乳首をいじってごらん。そのほうがイケるだろ？」

「はい……」

恭一は陰核を舌で細かく弾き、吸う。吐き出して、また舌でれろれろっと強めにあやす。さらに、根元のほうを指でかるく押してやる。

それを繰り返していると、いよいよ八重がさしせまってきた。

みずから乳房を揉みしだき、尖っている乳首を指先で弾く。

下半身がぶるぶると震えはじめた。

「ああん、イキます。イク、イク、イッちゃう……！　うはっ！」

八重は大きく腰を撥ねさせ、ブリッジさせた。

それから、一気に力が抜けたのか、ぱったりと腰を落として、

「はぁはぁはぁ……」

と、胸を喘がせる。

可憐な女の子が気を遣る姿に、恭一の分身はもうこれ以上は無理というところまでいきりたった。

挿入したくなった。

だが、その前に咥えてほしい。可憐な八重が、男のイチモツを咥える姿を目に焼きつけておきたい。

「八重、大丈夫か？」

「はい……まだ大丈夫です」

「じゃあ、これを湿らせてくれないか？　唾で濡らしたほうが、入れるときに痛くないだろ？　できそうか？」

「……ええ。でも、わたし、すごく下手だと思いますよ」

「いいんだ。逆に上手すぎたら、しらける」

恭一は立ちあがって、布団に仁王立ちする。

すると、八重が上体を起こし、近づいてきた。恭一の前に正座して、その姿勢から腰を持ちあげる。

一瞬、どうしていいのかわからずに、戸惑っている様子だった。それから、おずおずと右手を伸ばして、茎胴の根元のほうに指をまわした。

ハッとしたように一瞬、指を開いて、また握ってくる。

ぎこちなくしごきながら、不安そうに見あげてきた。

「いいよ、それで。上手じゃないか。そのまま、先のほうにキスをしてから、したいように舐めればいい。無理なら、咥えなくていいから」

精一杯のやさしさを込めて、言った。

うなずいて、八重が先端にキスをした。小さいがぷにっとした唇を窄めて、ちゅっ、ちゅっ、ちゅっと亀頭部に押しつける。

唇を接したまま、ちろちろと舌を躍らせて、亀頭部を舐めてくる。

(うん、上手いじゃないか……！)

二度目というのはおそらくウソではない。二度目でこれができるということは、それだけ、セックスの素質があるということだろう。

「そのまま、下へとおろしていって、裏筋の付け根から舐めあげてごらん」

指示をした。

八重はまたこくんとうなずき、睾丸袋の付け根から、舐めあげてくる。

いっぱいに出した舌を裏筋に押しつけるようにして、ツーッ、ツーッと何度にも分けて舐められると、ぞわぞわっとした戦慄が走った。

「そうだ。上手だね。八重にはこっち方面のセンスもあったんだな。繊細さが必要だっていうところでは、和菓子作りもセックスも相通じるところがあるんだろうな」

言うと、八重が裏筋を舐めながら、見あげて、はにかんだ。

「真裏に、裏筋がくっついている個所があるだろ？　そこを刺激されると、男はすごく感じるんだよ。やってごらん」

うなずいて、八重が亀頭冠の真裏を舌先でツンツン突いた。それから、ちゅっ、ちゅっとキスして、また舌先でれろれろっとあおってくる。

舌をつかいながら、不安そうに見あげてくる。

その、これでいいですか？　と問うような表情がこたえられなかった。

「いいぞ。上手だ。そのまま、指に力を込めたり、しごいたりしてもいいんだぞ」

指示をすると、八重は茎胴を握った指を強弱つけて握りしごく。そうしながら、亀頭冠の真裏を舌を横揺れさせて、刺激してくる。

(この一途さがたまらんな。八重は和菓子作りだけではなく、何をやっても一生懸命になれる。それが、この子の長所だな)

恭一は黒髪を撫でてやる。柔らかく、すべすべで、頭の形までわかる。

それから、八重が唇を開いて、上から頬張ってきた。

すぐに、ぐふっ、ぐふっと噎せた。

いったん吐き出して、また唇をかぶせてくる。

今度は慎重に、途中まで唇をすべらせる。根元のほうから右手で握り込んでいて、その余った部分にゆっくりと唇を往復させる。

妙子のように舌を使うことはしない。できないのだろう。

決して上手くはないが、繊細さはある。

和菓子職人は手先の微妙な力の入れ具合を要求される。そういうコツのようなものを、全身でつかんでいるのだろう。

本体の握り具合も、唇の締めつけ具合もちょうどいい。

何度も唇をすべらせてから、これでいいですか？　と、おうかがいを立てるような目で見あげてくる。

「いいぞ。上手だ。できたらでいいんだが、今度は指を離して、口だけで奥まで咥えてくれないか？　無理なら、いいんだぞ」

言うと、八重はいったん吐き出して、

「やれます。やらせてください」

恭一を見あげ、茎胴から手を放した。

両手で恭一の腰をつかみ、やや下を向きながらも硬直しているイチモツをすくいあげるようにして、頬張った。

小さな口をいっぱいに開けて、いきりたちを口におさめ、おずおずと顔を振りはじめる。

深く咥えるのは怖いようで、途中まで唇をすべらせる。

それだけでも、随分と気持ちがいい。

しばらくして、覚悟を決めたようにぐぐっと根元まで頬張ってきた。

途端に、後ろに飛びのくようにして吐き出し、口を手で押さえて、えずいている。

すぐにおさまったようだが、恭一を見あげる瞳にはうっすらと涙の膜がかかっていた。

「だから言っただろ。無理しなくていいと」

「いえ、今はちょっと……大丈夫ですから、もう一度チャンスをください」

八重のけなげさに、胸打たれた。

ふたたび八重が頬張ってきた。

今度はさっきより慎重に唇をかぶせてきた。途中まですべらせて、いったん動きを止めた。

それから、思い切ったように奥まで咥えてきた。

「ぐふっ、ぐふっ……」

と、噎せたが、今度は吐き出すことはせずに、じっとしている。それから、もっと根元まで頬張れるとばかりに、ぐっと顔を寄せてきた。

自分のイチモツが完全に姿を消してしまった。

完全勃起した肉柱が、八重の小さな口のなかに呑み込まれていること自体が、不思議であり、同時に感動もした。

(苦しいだろう。つらいだろう。なのに、ここまでしてくれるとは……)

もちろん、八重は自分の後ろ楯になってもらいたいという気持ちがあって、これだけ尽くしてくれるのだろう。

たとえそうでも、この奉仕力は半端ではない。

八重が静かに唇を引きあげ、先端まで達すると、また深く頬張る。

ただ顔を打ち振るだけだが、そのぷにっとした唇と元々口が小さいために締めつけ具合がちょうどいい。

ぐんと快感が高まった。

「気持ちいいぞ。その調子だ。そろそろ右手を添えてくれ」

言うと、八重が右手で肉棹を握った。

「そのままスライドさせて。それに合わせて、唇をすべらせてごらん」

八重がおずおずと右手で肉棹をしごきはじめた。

最初はぎこちなかった動きが徐々に慣れてきたのか、スムーズになり、そこに、唇の往復運動が加わった。

指でしごかれると、包皮が完全に剝かれる。その瞬間、カリを唇がなめらかにすべっていく。

「おお、天国だ。八重、上手いぞ。そうだ、そう……いいぞ。もっと激しく……そうだ。おおぅ、たまらん！」

恭一は呻く。

徐々にスピードアップして、指と唇でイチモツをしごかれると、得も言われぬ快感がうねりあがってきた。

ぐちゅ、ぐちゅといやらしい唾音が立ち、唾液がしたたり落ちている。

猛烈に八重を貫きたくなった。

ひとつにつながるというより、八重を貫きたい、支配したい、という気持ちのほうが大きい。

「いいよ。ありがとう。そろそろお前のなかに入りたい」

言うと、八重が肉棹を吐き出して、恭一を見あげてきた。

その大きな目が今は潤みきって、どこかぼぅとしており、半開きになった口の口角から、涎のような唾が垂れ落ちている。

4

八重を布団に仰向けに寝かせて、膝をすくいあげた。

ハの字に開いた足の奥に、若草のように薄い繊毛がやわやわと生え、こちら側には女の秘密が花を咲かせていた。

そぼ濡れた女芯がてかついて、内部の複雑な粘膜をのぞかせている。

(八重のような女でも、いざとなるとこんなに淫らな花を咲かせるのだな)

感動さえ覚えつつ、恭一は片足を持ち、右手でイチモツをつかんで導いた。

初々しいモリマンの割れ目に亀頭部を擦りつけ、馴染ませてから、ゆっくりと腰を入れていく。

ぬるっとすべって、弾かれた。

やはり、ひさしぶりだから、入口が拒んでしまうのだろう。

今度は正確に切っ先を押し当てて、慎重に押し込んでいく。

すると、先端が頑《かたく》な扉を押し割っていく確かな感触があって、そのあとは濡れた女の道をイチモツが切り開いていき、

「あっ……！」

八重が大きく顎をせりあげて、シーツを鷲づかみにした。

（おおぅ、これは……！）

恭一も奥歯を食いしばって、締めつけをこらえた。

なかは蕩けたようになっているのに、全体が波打つように侵入者を包み込んでくる。そして、ぎゅ、ぎゅっと締まるときに、イチモツが奥へ奥へと吸い込まれていく。

恭一は必死に暴発をこらえた。

年を取って、イチモツの感受性が鈍くなったのか、遅漏気味になっていた。

それなのに、今、恭一は洩れてしまいそうになり、奥歯を食いしばって、それを耐えている。

（こんなことがあるのか……！）

サイズ感がぴったりで、しかも、女性器の性能がいいからこうなるのだろう。ピストンしたらすぐにでも放ってしまいそうだ。

恭一は足を離して、覆いかぶさり、真上から八重を見た。かわいい顔をしている。ただたんに可憐なだけではなく、造りが繊細でしかもそれぞれの部位の形も全体のバランスもいい。

天は二物を与えずと言うが、八重の場合は例外なのだろう。

腕立て伏せの形で、ゆっくりと腰をつかった。

すると、八重はつらそうに顔をゆがめ、両手で恭一の腕を握って、

「んっ……んっ……んっ……」

くぐもった声を洩らす。

やはり、膣は開発されていないのだろう。

恭一は乳房を揉みしだき、指で突起をつまんだ。くにくにと転がすと、やはり乳首が感じるのか、

「あっ……あっ……ぁあああうぅぅ」

八重が女そのものの喘ぎ声を洩らした。

恭一は背中を丸めて、乳首にしゃぶりついた。すでにカチンカチンの乳首を舐

めると、

「ぁあああ……！」

八重が喘ぎ、同時に膣がびくびくっとイチモツを締めつけてくる。

「八重、気持ちいいんだな？」

「はい……気持ちいい……初めてです」

「そうか……徐々に開発してやるからな」

恭一はまた腕立て伏せの形で、腰を躍らせる。恥骨が重なりあって、密着感が強い。そして、本体がぐりぐりと狭い膣を犯していくことの悦びがある。

「ぁああ、師匠、抱いてください。わたしを放さないようにギュっと抱いてください」

「いい子だ。放すものか」

恭一は肩口から手をまわし、小柄な肢体を抱き寄せた。

重なり合って、ぐりぐりと膣内を捏ねていると、射精の予兆がひろがってきた。

（出すのか？　俺はもう出すのか？）

信じられない思いで、八重を抱きしめる。

次第に打ち込みのピッチをあげていくと、八重は足を大きくM字に開いて、屹立を深いところに導き、ぎゅっとしがみついてくる。

「あんっ、あん、あんっ……」

打ち込むたびに、耳元であえかな喘ぎが撥ねた。

「八重、出そうだ。出していいか？」

「はい……はい……」

「よし、イクぞ」

恭一は上体を起こして、両膝の裏をつかんだ。そうして、ぐっと前に体重を乗せると、すらりとした足がM字に開かれ、淡い翳りの底に禍々しいほどのイチモツが入り込んでいくのがよく見える。

つづけざまに深いところに出し入れすると、八重の様子がさしせまったものになった。

「あん、あん、あんっ……ぁあああ、イクかもしれない。わたし、イクかもしれない……」

「いいぞ。イッて……そうら、俺も出す。八重、お前を売り出してやる。お前たちを捨てた父親に目に物見せてやろうじゃないか。いいな？」

「はい、絶対に……ぁあああ、ください。もっと、もっと激しく……八重を、八重を……」

「行くぞ。そうら」

恭一がたてつづけに腰をつかったとき、八重が獣染みた声を洩らして、大きくのけぞった。

その直後、恭一も熱い男液を放っていた。

睾丸が痙攣し、ツーンとした射精感が脳天まで届いた。

そして、恭一の精液を体内で受け止めながら、八重は時々、思い出したように震えていた。

# 第六章　宴の夜に

## 1

　一年後、翌日に楠本と妙子の結婚式を控えた前夜、恭一が部屋にいると、妙子が訪ねてきた。恭一の前で正座し、

「今までいろいろとありがとうございました。明日からわたしは楠本の嫁になりますが、お義父さまのこれまでのご恩を忘れることは決してありません」

　深々と頭をさげた。

「別に嫁にやるわけでもないし、違うことと言えば、明日から楠本が母屋に住むだけだから。そんなにあらたまることはないさ」

恭一は悠然として言う。

「それから、楠本が四代目を受け継ぐ件だが、もう少し待ってくれ。いずれ、楠本には跡を継いでもらう。そのへんは、楠本もわかってくれているはずだ」

「はい、ありがとうございます。楠本もその気でいるようですし……」

妙子は着物姿で、正座している。

鬢のほつれが顔にかかり、最近ますます艶っぽさを増したその姿を見ていると、長い間抑えていた妙子への欲望がふいに湧きあがった。

恭一は立ちあがって、妙子の背後にまわった。

しゃがみながら、衿元から右手をすべり込ませる。

すぐのところに温かく、柔らかな胸のふくらみが息づいていて、

「んっ……！」

びくっとして、妙子がその手を上から押さえた。

「明日からお前は完全に楠本のものになる。その前に、もう一度、お前を抱かせてくれないか？」

耳元で囁いて、ぐいと乳房を揉みしだく。

「んっ……いけません。お義父さま、わたしは明日神前で愛を誓うんですよ。結

婚するんですよ。こんなこと、神様がお許しになりません」

「一年前、私たちは何をしていたんだ？　あれは神様に背くことにはならないか？」

「……あれは。わたしたちの間には、何もなかったんです。何もなかった……ぁあんん……」

乳首をくいっとひねると、妙子が喘いで、背中を預けてくる。

恭一は乳房をじかに揉み、乳首を捏ねる。そうしながら、あらわになっているうなじにキスをし、ぬるりと舐める。

「ぁあん……！」

妙子が肩をすくめた。

妙子はマゾだ。結婚式の前夜に、義父に犯されることで、嗜虐が燃えたぎろうとしているのだ。

そう思って、右手で前身頃を割って、太腿の奥へと押し込もうとしたとき、

「いけません！」

妙子が身体を逃がした。

乱れた裾を直して、遠ざかりながら、正座し、恭一を見た。

「お願いします。もうこのようなことは二度となさらないでください。明日から正式にわたしと楠本は夫婦になります。そして、この家に住みます。それが、お義父さまの望みだったからです。ですが、こういうことをなさるなら、わたしたちは他のところに住みます。おわかりになってください。お願いします」

妙子は深々と頭をさげて、額を畳につけた。

「……わかった。もう、しない。悪かったな。だから、二人にはここに住んでほしい」

恭一はそう言うしかなかった。

現在、恭一は弟子の藤沢八重と肉体関係がある。だが、妙子にも目の届くところにいてほしかった。妙子のような美しい女はそばに置いておきたい。たとえ、彼女が他の男の妻であっても。実際、かつては息子の嫁だったのだから。

妙子が去り、ひとり残された恭一は、やるせない思いと欲望を抱えて、離れにいるはずの八重のもとに向かおうとした。

廊下に出て、厨房に明かりが灯っているのに気づいた。

(八重か……?)

明日の引き出物に出す『山村』の和菓子はすでに用意されていた。

（ということは、また新しい和菓子にチャレンジしているのか？）

明かりに引き寄せられる蛾のように、足が厨房に向いた。

入っていくと、作務衣を着た八重が、練り切りに三角の押し棒を押し当てて、菊の形を作っていた。

「ほお、感心だな。こんなときにも、新作に挑んでいるとはな」

後ろから声をかけると、

「すみません。明日は結婚式だと言うのに……」

八重が振り返って言う。

「いいんだ。今のお前には、時が惜しいという気持ちはよくわかる。俺もそうだった」

あれから一年少しが経過し、恭一の指導もあって、八重は和菓子職人として急速な成長を遂げていた。

今では月ごとに変えている『季節のしらべ』の上生菓子を、楠本と八重に交互に作らせている。

そして、八重の作るものは、恭一を唸らせた。客の評判も上々だった。若い客には、楠本のものよりも人気がある。

「今夜はこのへんにしておきなさい」

そう言って、恭一は背後からぎゅっと抱きしめる。

八重はもう抗うことは一切しない。

この一年余りで、何度この肉体を抱いただろうか？　褥《しとね》をともにするたびに、八重は秘めていた性的な素質を開花させ、今では一回のセックスで何度も気を遣るようになった。

さっき妙子に対してしたのと同じように、右手を作務衣の襟元から内側にすべり込ませる。

八重は下に白いTシャツを着ていて、布地越しに胸をつかんだ。たわわな乳房が弾んで、

「あっ……！」

八重は小さく喘ぐ。

どうやらノーブラらしく、Tシャツの上からでも、豊かなふくらみのたわみを感じる。

「いけません。ここでは……」

八重が周囲を見る。

「大丈夫だ。さっき入口の施錠をしてきた。それに、妙子も明日の式に備えて大変だから、ここには来ない」

安心させて、Tシャツの裾を作務衣のズボンから抜き、下から手を差し込んだ。そのまま、胸へと届かせて、ゴム毬のようなふくらみをぎゅうとつかむと、

「んっ……！」

八重が顔をのけぞらせる。

「そうら、もう乳首がカチカチじゃないか……ちょっと触られるだけで、乳首がカチカチになる。それに、ここも濡れてしまう」

左手を作務衣のズボンのなかに潜り込ませる。

パンティを押しあげて、じかに花肉に触れると、そこはもうじっとりと湿っていた。

「もうこんなにして……」

ちょっと指に力を込めると、肉の扉が開いて、ぬるっとしたものが指先にまとわりつく。

「んっ……あっ……んっ……ぁああ、師匠……知りませんよ。誰かに見られても知りませんよ」

「かまわないさ。俺には今、八重がすべてなんだ。お前は店の跡継ぎであり、俺の愛する女でもある」

右手の指で乳房の先を捏ねながら、作務衣のなかの雌芯をいじるうちに、八重の気配が急速に変わった。

「ぁああ、ああうぅ……」

必死に喘ぎを押し殺しながらも、尻をくなっ、くなっと揺らす。

その尻の動きが、恭一の股間を刺激してくる。

八重の手をつかんで、後ろにまわさせた。すると、八重はおずおずと後ろ手に、恭一の股間に触れ、それが一段といきりたつと握って、しごきだした。

うつむいているが、呼吸は乱れ、尻はくねり、八重がすでに欲しがっていることがわかった。

恭一は周囲を見渡して、人影がないことを確かめ、八重をこちらに向かせた。上から頭を押さえつけると、自分のするべきことを察したのだろう。八重は前にしゃがんだ。

恭一の作務衣のズボンをブリーフとともにおろし、そそりたっているものをちらりと見て、握ってくる。

ゆったりとしごき、てかつく亀頭部を舐めた。

尿道口にはきっと小便の残滓《ざんし》がついているだろう。それを厭《いと》うこともしないで、鈴口に舌を走らせる。

和帽子はかぶっていないが、前掛けはつけている。

ぐちゅぐちゅと先端をしゃぶってきた。

小さな口をOの字に開き、規則的に顔を振りながら、リズムを合わせて右手でしごいてくる。

鼻と唇の間が伸びて、いつものととのった顔が今は間延びしている。

それでも、かまわずに一生懸命に唇をすべらせる八重が、愛おしくてならない。

この女のためなら、何だってしてやるという気持ちになる。

八重が指を離して、口だけで頬張ってきた。

恭一の腰に手を添えて、一心不乱に顔を打ち振り、唇を往復させる。

いったん動きを止めて、なかで舌をからませてきた。

この頃はフェラチオで舌を使えるようになった。今も勃起の裏側をよく動く舌がちろちろとくすぐり、からみついてくる。

ねっとりとした動きが徐々に激しいものになって、尖らせた舌の先で裏側を押しあげるようにする。

それを終えると、今度は大胆に唇をすべらせる。

ぐぢゅ、ぐちゃっと卑猥な音をさせて、いきりたちを根元から先端までしゃぶってくる。

「ぁああ、気持ちいいぞ。上手くなったな……たまらんよ」

褒めると、八重が奥まで頬張ってきた。

唇が陰毛に接するまで深く咥えて、ぐふっ、ぐふっと噎せた。

だが、吐き出すことはせず、むしろ、もっとできるとばかりにさらに奥まで頬張ってくる。

切っ先を喉にぐりぐりと押しつけているようなその献身的な仕種が、恭一の自尊心を満足させる。

八重がゆっくりと唇を引いていき、ちゅぱっと吐き出した。

それから顔を傾けて、亀頭冠の真裏を舌でちろちろと刺激する。最初のときに、ここは男が感じるポイントだからと教えたことを、しっかりと覚えていて、実践してくる。和菓子職人としても、セックス面でも、八重は学習能力が高かった。

舌先をちろちろと躍らせながら、見あげてくる。

ぱっちりとした大きな目が今は潤んで、きらきらと光っていて、その意志の強さを思わせる目がたまらなかった。

八重がまた上から唇をかぶせてきた。

今度は、指も使っている。根元をつかんでぐんと包皮をおろされ、張りつめた亀頭冠を唇でしごかれると、ジーンとした快感がひろがってきた。

「いいよ、ありがとう……お前を貫きたい」

そう言って、腰を引き、後ろを向かせて、作業台に手を突かせる。

前掛けを外し、作務衣のズボンをパンティとともに引きおろし、脱がした。

腰を引き寄せると、ぷりっとしたかわいいヒップがせまり、尻たぶの間に小さなアヌスがのぞき、下のほうに女の花肉が息づいていた。

「恥ずかしいわ……」

「いまさら、恥ずかしがる必要などないだろ？　もっとよく見せなさい」

恭一は後ろにしゃがんで、尻たぶを開いた。

それにつれて、雌花も咲いて、濃いピンクの粘膜が姿を現した。

しとどに濡れて、いやらしくぬめ光っている。

こんなかわいい顔をしているのに、これほどに自身を濡らしている。そのギャップが、恭一を勇気づける。

恭一はもう一度周囲を見まわして、人の気配がないことを確かめ、尻の底に顔を寄せた。ぬるりと舐めると、

「あっ……！」

八重がびくっとして、喘いだ。

さらに、つづけて狭間を舐めあげるうちに、八重の放つ喘ぎが変わった。

「ぁあああ、ぁあああ……気持ちいい……蕩けそう。どうして、どうしてこんなに気持ちいいの……ぁあああああ、あっ、あっ！」

心から感じているという声を洩らし、恭一がクリトリスを舌で弾くと、びくっ、びくっと痙攣した。

チューッと吸い込み、吐き出して、舌で弾く。

また吸い込み、舌であやす。

それを繰り返しているうちに、八重が切なそうに尻をくねらせて、せがんできた。

「師匠、ください」

「しょうがないやつだな。くれてやる」

恭一はいきりたつものを雌芯に押しつけて、慎重に沈めていく。

とても窮屈な入口を突破したイチモツが、女の道を押し広げていく感触があって、

「はうぅぅぅ……！」

八重がのけぞりながら、喘いだ。

恭一はもっと深く打ち込みたくなって、八重の尻を引き寄せる。すると、八重はストレッチをするような格好になって、両手で作業台の縁につかまった。

つけているのは、作務衣の上とTシャツだけで、下半身はすっぽんぽんという姿が、恭一を昂らせる。

体勢のせいで、ぐっと挿入が深くなって、恭一はそのままストロークはせずに、切っ先でぐりぐりと奥を捏ねてやる。

「ぁあああ、くっ……師匠のおチ×チンがわたしを犯してくる。ぁああ、ぐりぐりしてくる。ぁあああああ、くっ、くっ……」

八重はびくん、びくんと躍りあがった。

自分が八重を支配しているという満足感が、恭一のプライドをくすぐる。

さっき、妙子に拒まれたその憤りや悔しさを、今、八重に向けていることは自

分でもわかっていた。

妙子は明日、楠本と式を挙げて、正式に二人は夫婦になる。悔しい。しかし、自分には八重がいる。

八重は自分の弟子であるのと同時に、肉体関係を持つ若い恋人でもある。

そして、言うことを何でも素直に聞いてくれる。

自分の言いなりになる女の存在が、どれほど自信を与えてくれるものか、この歳になってようやく理解した。

「もっともっと、かわいがってやるからな。八重、お前は俺の宝だ」

そう言って、恭一は腰をつかみ寄せた。

引き寄せておいて、ぐん、ぐんと強いストロークを繰り返した。

すると、八重の気配が変わってきた。

「あんっ……あんっ……あんっ……ぁあああ、師匠、もうイキそうです。恥ずかしいわ……すぐにイッてしまって」

「そうだな。最近のお前はすぐに気を遣ってしまう。そんなに俺のおチ×チンがいいか？」

「はい……好きです」

「いい子だ。そうら、イッていいぞ」

恭一は腰を引きつけておいて、徐々に強いストロークに切り換えていく。

「あんっ、あんっ、あんっ……イキます。イッちゃう！」

八重が作業台をつかんで、顔をのけぞらせた。

恭一は相手が八重だとすぐに出してしまう。今も、射精前に感じるあの感覚が押し寄せてきている。

「イケ、そうら！」

つづけざまに叩き込んだとき、

「イクぅ……！」

八重がのけぞってから、がくん、がくんと躍りあがり、その直後、恭一も熱い男液をしぶかせていた。

すでに六十九歳を迎えていた。

(なのに、自分は女のなかに射精することができる……！)

尻をつかみ、放ちながら、恭一は至福に包まれていた。

## 2

翌日、楠本と妙子は神社で結婚式を挙げ、その後、披露宴をした。

妙子は二度目であるし、まだ前夫が亡くなって、二年だからと披露宴はいやがった。

だが、妙子は老舗和菓子店『山村』の顔である若女将であり、楠本も順当に行けば恭一の跡を継いで、四代目となる。

そんな二人の結婚を内々で済ますわけにはいかなかった。

恭一のほうで手をまわして、広い会場で、この界隈の有力者や数多くの店の常連客を招待した。お蔭で披露宴は華やかなものとなった。

そして、白無垢に文金高島田の花嫁衣装を着た妙子は、淑やかでいながら色っぽく、披露宴に参列した多くの男がこんないい女と結婚できる楠本に、密かな嫉妬を抱いただろう。

八重ももちろん参列していた。

八重は、恭一と妙子が禁断の関係であったことを知らないし、妙子のことは店のやさしい若女将として尊敬しているようで、妙子の晴れ姿を眩しそうに眺めていた。


無事に披露宴が終わって、四人は家に帰った。

老舗の和菓子屋をそう長く休むわけにはいかず、二人の新婚旅行は行われなかった。


楠本はこれまで息子が使っていた部屋を自室として使い、夫婦の寝室はこれまで妙子が寝ていた同じ部屋だった。

すでに楠本の荷物は運び込まれており、部屋も整理してあった。

挙式と披露宴は昼間に行われたので、初めて三人で夕食を摂った。お手伝いさんが用意してくれた夕食を和室に座って、三人で食べる。

ご飯や味噌汁をよそうのは妙子である。

妙な雰囲気だった。

まったく他人の男を交えて、母屋で夕食を摂るのは初めてだからだろう。ひどく違和感があった。

しかし、この雰囲気に慣れなければいけない。いっそのこと、ここに八重がいてくれたらと思う。しかし、使用人を母屋の食事に招くという習慣は、うちにはない。

ぎこちないまま食事を終えて、恭一は先に風呂に入り、自分の部屋に入った。

結婚式の夜の二人の邪魔をしたくないという気づかいと、いまだに楠本がこの同じ空間にいることに違和感を抱いてしまい、そこから逃れたいという思いもあった。

やがて、一階が静かになり、二人は風呂につかってから、二階の寝室に向かったようだった。

(そろそろ、はじめる頃だな……)

二人にとって初夜ではないが、結婚式の夜のまぐわいは、また一段と感慨深いものだろう。

恭一は喉が渇いて、一階のキッチンに向かった。

水を飲み、廊下を歩いているとき、天井がぎしぎしとわずかに軋んでいた。

(そうか……ここの真上が夫婦の寝室に当たるから、楠本が妙子を激しく突いているのか？　息子が健在のときはこんなことはなかったのだが、それだけ、楠本のセックスが激しいということか……)

廊下に面した一階の和室は客間になっている。

その客間に入り、天井を眺めると、「みしっ、ぎしっ」という軋みが如実に聞こえてきた。耳を澄ますと、

「ぁあああぁぁぁ……！」

という妙子の喘ぎがかすかに聞こえたような気がした。

天井の軋みと妙子の喘ぎを耳にするうちに、居ても立ってもいられなくなった。

恭一は静かに客間を出て、二階へつづく階段をあがっていく。

結婚式の夜に、新婚夫婦の営みを盗み見るなど最低の行為だ。わかっている。それでも、妙子がどのように責められているのか知りたい気持ちが勝った。

夫婦の寝室の隣は、楠本が持ってきた家財の物置のようになっていた。だが、襖の前にはどうにかスペースがあり、欄間から隣室のぼんやりとした明かりが洩れている。さっきまで聞こえていた妙子の喘ぎ声は絶えていて、その代わりに楠本の囁くような声が聞こえる。

恭一は丸椅子を置いて、慎重に上に乗った。

そのまま欄間から覗くと——。

赤いロープで裸身を縄化粧された妙子が、楠本の前に両膝を突く格好でしゃがみ、いきりたつ男の肉棹を一生懸命に頬張っていた。

妙子はその色白の裸身を赤い縄で何個もの菱形に編まれていて、両手を後手にくくられている。

（これは、亀甲縛りだったか……）

実際に見たことはないが、写真でならある。

恭一は二人を斜め上から見る形になっていたから、その様子がよく見えた。

長い黒髪は千々に乱れて、顔にかかり、赤銅色でそそりたつ肉柱を、妙子は口だけで頬張り、一心不乱に顔を打ち振っている。

菱形に編み込まれた赤いロープが色白の肌に映えている。

妙子の赤い唇がめくれあがり、禍々しいイチモツが赤い唇を割って、出入りしている。

やがて、楠本は妙子の後頭部に右手を添えて引き寄せながら、自分から腰を振りはじめた。

イラマチオである。

野太い肉柱が妙子の口を犯し、妙子は苦しげにえずきながらも、必死に頬張りつづけている。

こういうのを被虐美と言うのだろうか。

ぎゅっと閉じられた目、ふくらむ鼻孔、したたる汗、白絹のような肌に交錯する赤い縄の模様、後手にくくられた手首――。

股間のものがいきりたってきて、恭一はそれをつかんだ。静かにしごく。

そのとき、楠本はイラマチオをやめて、妙子を白いシーツの敷かれた布団に這わせた。

妙子は後手に縛られているので、体重を顔の側面と膝で支えている。

股縄と言うのだろうか、二重になったロープが股間を割っている。そのロープをゆるめて、横にずらした。

そして、あらわになった女の谷間に、楠本はいきりたちを打ち込んでいった。

「うあっ……！」

妙子が低い声を洩らして、顔を撥ねあげた。

そして、楠本は後手にくくっている赤いロープの結び目をつかみ、引き寄せながら、ぐいぐいと叩き込んでいく。

「あっ、あっ、あっ……」

妙子が艶めかしく喘いだ。

その姿を見ていられなくなって、恭一はふいに思った。

（そうだ……八重を抱こう。そうでもしないと、耐えられない……）

恭一はそっと椅子を降りて、物音を立てないように部屋を出た。

3

離れで寛いでいた八重を、母屋に無理やり引っ張ってきた。

すでに寝間着用の浴衣に着替えていた八重は、母屋の前で腰を引いた。それを、

「いいから、来なさい」

と、強引に玄関から母屋にあげる。

一階の客間には、さっきすでに一組の布団を敷いておいた。

それを見た八重の表情が引き攣った。

恭一を見て、母屋でそれはいやっとばかりに顔を左右に振る。

「いいんだ」

八重を布団に押し倒して、

「ほら、天井が軋んでいるだろう？」

和室の天井を指さす。いまだに、そこはミシミシと鳴っていた。

楠本の強烈な性欲がそう簡単におさまるはずはないのだ。

「この上は、楠本と妙子の部屋だ。今、二人が何をしているのかわかるな？」

言っている意味がわかったのだろう、八重は怯えた顔で上を見た。

「新婚初夜だから、激しいんだ。あれを聞いているうちに、たまらなくなった。だから、こっちも上に対抗しようと思ってね……ほら、聞こえるだろう。妙子のいやらしい喘ぎ声が……」

息を詰めると、二階から「あん、あん、あん」という妙子の喘ぎ声がかすかに洩れてきている。

八重が両耳を手でふさいだ。その間に、恭一は浴衣の腰紐に手をかけて解き、抜き取っていく。

竹模様の浴衣の前が開いて、抜けるように白い肌があらわになった。大きな乳房や下腹部の若草も見えている。

浴衣を脱がして、一糸まとわぬ姿の八重の両腕を布団に押さえつけた。

天井は依然としてミシミシと軋み、「ぁあああぁぁ」という妙子の洩らす喘ぎ声が長く響いている。

それを聞いて、

「こんなところでは、いやです」

八重が小声で言った。

「こんなところだから、いいんじゃないか。同じ屋根の下で、二組がまぐわっている」

「……悪趣味です」

「悪趣味か……そうだな、確かに」

「こんなこと、できません」

「いや、八重はする。応じる。なぜなら、八重の身体はもう俺に馴らされてしまっているからだ。それに……これはまだ誰にも言っていないんだが……俺はこの店の四代目として、楠本ではなく、藤沢八重を考えている」

心に誓ったことを告げると、八重が大きく目を見開いた。

「俺はどうにかして生き延びて、あと十年は当主をつづける。楠本に跡は継がさない。その間に、八重、お前はもっと成長しろ。そうしたら、お前に四代目を譲るつもりだ。そうだな、そのときは俺と結婚しろ。そして、山村の戸籍に入れ。俺はすぐにぽっくり行くだろうから、八重は誰か腕のいい職人と再婚して、子供を作れ。その赤子に五代目を継がせろ。もちろん、俺と結婚して、万が一子供ができるなら、それに越したことはない。どうだ、ついてこられるか？　お前らを捨てた父親を見返したいんだろ？　どうなんだ、はっきりしろ。今の俺の案を呑めるな？」

八重はしばらく考えていたが、やがて、心を決めたのだろう、まっすぐに恭一を見あげて、力強くうなずいた。

「よし、それでいい……考えたら、俺が子供を作るのは、今がぎりぎり限界かもしれんな。俺の子を孕んでくれ。そうなったら、結婚しよう……両手を前に出しなさい」

「えっ……？」

「いいから。とにかく両手を前に出して、合わせなさい」

八重がおずおずと両手を上に差し出してきた。

恭一はさっき抜き取った臙脂色の腰紐をつかんで、八重の両手首をひとつに合わせて、くくった。何回もまわして、ぎゅっと結ぶ。

ひとつになった腕を頭上にあげさせて、布団に仰向けに寝かせた。

「このままだぞ」

言い聞かせて、あらわになった乳房にしゃぶりつく。

グレープフルーツのように大きく、光沢のある乳房をやわやわと揉み、透きとおるようなピンクの乳首を貪ると、

「ぁあん……！」

八重が鼻にかかった甘え声を洩らし、真っ白な喉元をさらす。

乳首を舌であやし、吸ううちに、見る見るそれは円柱形にふくらんできた。

すぐ上の階で若女将と楠本の結婚初夜が行われているのを知りつつも、乳首をこんなにカチカチにしている八重。

「八重もどんどんいやらしくなっていくな。たまらんよ」

むんずと巨乳をつかみ、いっそうせりだしてきた乳首を吸い、舐め転がした。

「ぁああ、ぁあああ……」

必死にこらえようとしても抑えきれない喘ぎが、こぼれる。

そこに、二階で貫かれているだろう妙子の「ぁあああぁぁぁ」という絶叫に近い声が混ざる。

恭一は、このめったに味わえない状態に気持ちが昂る。すぐにでも挿入したいのをこらえて、腋の下に顔を寄せた。

腋毛は剃られていたが、わずかに黒いぶつぶつが飛び出していて、そこを舐め

ると、腋毛の突出を感じる。

「ぁああ、そこは……」

八重が腋を締めようとする。

だが、ひとつにくくられた腕を恭一が上から押さえつけると、腋の下はさらされたままになる。

腋毛のわずかな突出を感じながら舌を這わせると、

「ぁああ、あああああうぅぅ……」

八重が洩らす声の質が明らかに変わった。

(そうか……八重もこうすれば感じるんだな。女性にはマゾ的な資質が植え込まれていて、そこを上手く刺激すれば、むくむくと頭を擡げてくる)

七十歳近くになって、恭一も女性の性を学んだような気がする。

考えてみたら、妙子を抱く前までは、老舗和菓子屋『山村』の三代目として、店を守ることに全勢力を注いでいて、セックスに耽溺する余裕などなかった。

しかし、それでは男の人生を満喫したことにはならないだろう。

だが、今、自分には藤沢八重という宝物がある。

腋の下から二の腕にかけて舐めあげていくと、

「ぁあああ……！」

八重が艶めかしく喘いだ。

すでに、うねりあがる性感で、二階のことなど忘れてしまったかのようだ。女はすごい。セックスに没入できる。そうなったら、常に冷静な男性と違って、他のことなど気にならなくなるのだろう。

恭一は二の腕から腋の下へと舌を這わせ、そのまま、脇腹を舐めた。

この姿勢のせいでわずかに肋骨の浮きあがった脇腹にツーッ、ツーッと舌を走らせると、

「んっ……あっ……ぁあああ、へんになる。ぁあああうぅぅ」

八重は激しく身をよじって、身悶えをする。

恭一はそのまま脇腹から下半身へと舐めおろしていく。八重の横について、腰から太腿、さらに足の側面に舌を走らせる。

片方の足をつかんで、持ちあげた。

そして、足の裏を舐めた。丸い踵から、ゆるいカーブを描く土踏まずへ舌を走らせる。

小さな足の指が斜めに並び、それぞれの爪が薄桃色の光沢を放っている。親指

から小指にかけて徐々に小さくなる爪が愛らしい。

たまらなくなって、親指を頰張った。

「……師匠がこんなことをなさってはいけません！」

そう言って、八重が親指を折って、必死に抗おうとする。

だが、恭一は逃さない。

親指にしゃぶりついて、れろれろと舌をつかい、さらに吸う。それを繰り返しているうちに、

「ぁああ……！」

吐息に近い喘ぎとともに、親指が伸びた。

まっすぐになった親指を、恭一はフェラチオするようにジュブジュブと頰張り、次に隣に移った。

何本かの指を一緒に頰張り、舌をからみつかせる。

時々、指と指の間に舌を差し込んで、ぬらぬらと舐める。

「ぁああ……どうして？　どうして、そんなところを……？」

八重が不思議そうに言う。

「どうしてだろうね、俺にもわからんよ。ただ、八重の足指はこんなに繊細で小

さいのに、いつも頑張って八重を支えている。それに、螺鈿《らでん》のような光沢を放つ爪が愛らしくてたまらないんだ」

「でも、汚いわ……」

「汚くなんかないさ。それに、そうやって羞じらう八重がまたかわいいいんだ」

恭一は五本の指を丁寧に愛でると、そこから、ふくら脛へと舐めおろしていく。

ふっくらとした流線型のふくら脛はすべすべで、舐めていても気持ちいい。

そこから、膝に移り、片足をぐいと持ちあげた。

「あっ……！」

八重が閉じようとする足を強引に持ちあけ、ほぼまっすぐにして、太腿の裏に舌を走らせる。

舐めやすくするために、足をさらにあげさせて、膝を身体につきそうなほど腰を折り曲げさせた。

左右のむっちりとした太腿の裏と、その付け根に息づいた女の園があらわになって、

「ぁあああ、いけません……」

八重が恥ずかしそうに、顔をよじった。

恭一は太腿を舐めおろしていき、足を開かせて、鼠蹊部にしゃぶりつく。

薄い翳りの底はすでにそぼ濡れており、狭間に舌を走らせると、

「あんっ……！」

八重がかわいく喘いだ。

足をM字に大きく開かせると、女の花もひろがって、内部の赤みがぬっと現れた。

鮮やかな薔薇色に紅潮した女の襞がのぞき、てらてらとぬめ光っている。

そこに顔を埋めて、クンニをする。

八重はクンニに強く反応する。いつも、途中で我慢できないとでも言うように下腹をせりあげて、「入れて、入れて」とせがんでくる。

今も、狭間を丹念に舐め、上方の肉芽を剝いて、あらわになった肉真珠をちろちろと舌でもてあそぶと、

「ぁああ、ああああ……」

糸を引くような声を長く伸ばし、もっとして、とばかりに下腹部を擦りつけてくる。

（よしよし、それでいい……どんどん淫らな身体になれ）

クリトリスを舌で上下左右に弾き、吸う。それをつづけながら、右手の中指を膣口に押し込んだ。

中指を第二関節で曲げた指先がちょうど届くところに、八重が感じるポイントがある。

膣の天井のざらついた部分を、手前に引くようにして指腹でなぞる。

そうしながら、クリトリスを舐めた。

「ぁあああ、師匠……ダメです。そこはダメ……はうぅぅ」

八重が大きく顎をせりあげる。

「どうした？　ここがいいんだろう？　いいんだぞ、気を遣っても」

恭一が肉芽を舌で刺激しつつ、Gスポットを指腹でかるく押しながら擦っていると、八重がぶるぶる震えはじめた。

気を遣るのだ。

指腹で天井を擦り、クリトリスを強く吸いあげたとき、

「ぁあああぁぁぁ……！」

八重はここが母屋であることを忘れてしまったかのような嬌声をあげ、グーンとのけぞった。それから、精根尽き果てたようにがっくりと力を抜く。

それでも、膣だけはいまだうごめいて、中指を締めつけてくる。

# 4

恭一は布団に立って、その前に八重がしゃがんだ。

臙脂の腰紐でひとつにくくられた左右の手をチューリップのようにひろげて、いきりたつものを包み込んでくる。

手のひらで肉棹を挟み、拝むようにして、擦りあげてくる。

そうしながら、これでいいですか、とでも言うように、ちらりと見あげてきた。

「いいぞ、上手だ。お前は手先が器用だから、和菓子作りに向いているが、セックスも上手だ」

褒めると、八重はかわいい顔ではにかみ、顔を寄せてきた。

小さな唇を窄めるようにして、亀頭部にキスをし、舌先でちろちろと鈴口をあやしてくる。

それから、先端に唇をかぶせ、合掌した両手を動かしながら、それにリズムを合わせて、顔を打ち振る。

ぷにっとした柔らかな唇が、敏感な亀頭冠を擦り、そのくびれに入り込み、ひどく気持ちがいい。

ジーンとした痺れに似た快感がひろがってきて、思わず天井を仰いだ。

二階はいったん静かになっていたが、また小さく軋みはじめた。

(また、はじめたか?)

結婚初夜だから、楠本も妙子も昂っているのだろう。

和室の天井がかすかに揺れて、

「あんっ、あんっ、あんっ……」

妙子の喘ぎが洩れてくる。

(くそ、くそっ、くそっ……!)

自分でも理解できない悔しさのようなものが込みあげてきて、知らずしらずのうちにイラマチオしていた。

八重のさらさらの髪を感じながら顔を引き寄せ、自分から腰をつかう。

ずりゅっ、ずりゅっと猛り狂うものが、小さな口を犯していき、八重はつらそうに呻いている。

白く泡立つ唾液がすくいだされて、たらーっと垂れ落ちる。

「こっちを見ろ」

命じると、八重が見あげてくる。

目を細めながらも、必死に言いつけを守って恭一を見る。

こんなときでも美しい顔をしていた。

潤みきった目がふっと閉じられて、苦しそうに肩で喘ぐ。

「自分でしろ。手は使わなくていい」

そう命じて、腰の動きを止めると、八重は手をおろして、口だけでしゃぶりはじめた。

大きく顔を打ち振って、赤い唇をすべらせる。

いったん吐き出して、勃起の側面や裏側を舐めてきた。

ねっとりと舌を這わせ、ちろちろっと弾く。両手が使えない分、もどかしそうで、それが恭一の昂奮をかきたてる。

それからまた頬張ってきた。

自分から顔を打ち振って、ぐぢゅぐちゅとストロークをする。

スライドを止めて、なかで舌をからませてくる。最近では、こうやって舌を使うこともできるようになった。

よく動く舌が裏のほうにねっとりとからんできた。

「上手いぞ。気持ちいい……」

褒めると、八重は見あげてにっと口角を吊りあげた。

それから、本格的なストロークをはじめる。

さらさらのボブヘアを大きく揺らして、唇を往復させる。そのスピードが徐々にあがり、いやらしい唾音とともに猛烈にしごいてくる。

「おおぅ、いいぞ。ぁああ、たまらん……」

うねりあがる快感で、恭一は見あげる。すると、また天井がわずかに揺れて、

「ぁあああ……許して……もう、許して……」

妙子の喘ぎがかすかに聞こえてくる。

恭一も知っているその喘ぎが、八重を布団に這わせた。

フェラチオをやめさせて、八重を布団に這わせた。

八重はひとつにくくられた両手を前に置いて、肘と膝で身体を支えている。

ぷりっとした若い尻が後ろに突き出され、谷間の底で女の祠が口をのぞかせている。

そこに切っ先を押し当てて、慎重に沈めていく。

隆々としたイチモツが狭隘な肉路を押し広げていく確かな感触があって、

「あうぅぅー……！」

八重が顔をのけぞらせた。

恭一も「くっ」と奥歯を食いしばっていた。

いつも、八重のオマ×コは具合がいい。狭くて窮屈だから、たぶん、恭一の若い頃より衰えたイチモツとサイズがぴったりなのだろう。

そのうえ、ぎゅ、ぎゅっと締まって、侵入者を内へ内へと手繰りよせようとする。

このまま動けば、すぐにでも放ってしまいそうだ。

恭一は上体を曲げて、右手をまわし込み、乳房をつかんだ。たわわなふくらみはじっとりと汗ばんでいて、柔肌が指に吸いついてくる。

表面は柔らかいのに、奥のほうはしっかりとしていて、揉み甲斐がある。

ボリューミーな乳房を荒々しく揉みしだき、頂点にツンとせりだしている乳首をつまんで転がした。

すると、八重は敏感に反応して、

「ぁあああ、あああ……いい。感じます……感じる……ぁあああぁぁ」

と、心から感じている声を放つ。

「自分で動いてみろ」

耳打ちした。

最初は戸惑っていた八重が、やがて自ら腰を振りはじめた。ひとつにくくられた両手を前に、全身を使って尻を打ち据えてくる。

音がするほど激しく、ヒップが当たり、そのたびに、恭一のイチモツは揉み抜かれて、ぐんと快感が高まる。

恭一は胸から手を離して、両腰をつかんだ。

徐々に強く腰を叩きつけると、

「あんっ、あんっ、あんっ……」

すでに二階の二人のことなど、頭から消えているのだろう。八重は甲高い声をスタッカートさせる。

恭一もせまりくる射精感を必死にこらえ、

「もっと、膝をひろげなさい」

指示をする。

と、八重がみずから足を開いた。

腰の位置が低くなり、八重の姿がいっそういやらしく卑猥なものになった。バックからするとき、女性は膝をひろげたほうが、女豹のポーズが決まる。膝をひろげて、尻だけを突きあげる姿勢はこの上なく卑猥だ。

恭一は二階の二人を意識しながら、尻を平手で叩いた。パーンと乾いた音がして、

「あっ……！」

八重が低く、凄絶な声をあげた。

「我慢しろ。叩いた跡がジーンと痺れてくる。その熱さが八重は好きだろ？　わかっているんだ。どうだ？」

「……はい、好きです。でも、音が……」

八重が二階のほうを見あげる。

「かまわない。いずれ、わかることだ」

「でも……」

「かまわないと言っているだろ」

恭一は連続して、スパンキングした。

パチン、パチンといい音が鳴り響いて、

「あっ！　あっ！」

八重は顔を振りあげ、それから、がくがくと震えはじめた。

今、打擲したところが見る間に赤く染まり、そこを一転してやさしく撫でさすってやる。すると、

「ぁあああ、気持ちいい……いいんです」

八重が艶めかしい声をあげて、尻をくねらせる。

恭一はなおも尻を手のひらで叩き、それから、腰をつかみ寄せて、激しく打ち据えた。

このまま放ってもいいという気持ちだった。

その分、突きが強くなって、それを受け止めた八重は、

「あんっ、あんっ、あんっ……ぁあああ、イキそうです……イク、イク、イッちゃう……イッていいですか？」

訊いてくる。

「いいぞ。イッていいぞ」

恭一がぐいぐいと打ち据えたとき、

「ぁああああ、イクぅ……あっ……！」

八重はのけぞり、がくがくと震えた。それから、力尽きたように前に突っ伏していった。

恭一はまだ射精していない。

それに、いまだに二階での初夜はつづいている。

(もう何時間やっているんだ!)

妙子が楠本に貫かれている光景が目に浮かんできて、それが、恭一を駆り立てる。

ぐったりとした八重を仰向けにして、膝をすくいあげた。

激しく突かれて、閉じきれずに半ば口を開いている膣口に、いきりたつものを打ち込んでいく。

「ぁあああうぅ……!」

回復した八重が、顎をせりあげた。

腰紐でひとつにくくられた両手を頭上にあげて、乳房をあらわにした格好で、顔をのけぞらせる。

恭一は両膝の裏をつかんで、ぐっと押しあげる。

膝が腹につかんばかりに押しつけると、屹立が繊毛の下に埋まり込んでいるのが、目に飛び込んでくる。

「八重、見なさい。見えるだろう、お前のオマ×コに俺のが突き刺さっているのが……」

言うと、八重がおずおずと顔をあげて、結合部分を見た。

薄い翳りの流れ込むあたりに、恭一の肉柱がずっぽりと嵌まっているのが見えるはずだ。

「ぁああ、いや……」

と、八重が顔をそむけた。

「見るんだ……見えるだろう?」

言うと、八重がおずおずとそこに目をやる。

「何が、どこに埋まっているんだ?」

「………」

「言いなさい!」

「……師匠のおチ×チンがわたしのオ、オマ×コに……!」

「よし、よく言えた。お前を孕ませてやる。俺の子を孕め。そして、俺たちの跡継ぎを生んでくれ。いいな」

「はい……！」

恭一は残りの力を振り絞って、猛りたつものを差し込んでいく。上から打ちおろし、途中からしゃくりあげるようにする。

すると、切っ先がGスポットを擦りながら奥まで届いて、

「ぁあああ……！」

八重が顎をせりあげる。

「ぁああ、最高だ。お前のオマ×コは最高だ。俺をオスにしてくれる。俺を復活させてくれる。八重が俺を生かしてくれている」

語りかけて、えぐりたてる。

本心からの言葉だった。

今は八重が自分の宝物であり、生き甲斐でもある。

「ぁあああ……来て。来て……わたし、またイッちゃう！」

「このインランが。性能が良すぎるんだよ。行くぞ。俺も行くぞ。そうら」

たてつづけに深いストロークを叩き込んだとき、射精前に感じる逼迫《ひっぱく》した感覚が押し寄せてきた。

深く強いストロークを叩き込んだ。ごく自然に膝裏をつかむ指に力がこもってしまう。

そして、八重はたわわすぎるオッパイをぶるん、ぶるるんと縦に揺らして、

「あんん、あんっ……ぁあああ、欲しい。ください。師匠、ください！」

今にも泣き出さんばかりの顔で訴えてくる。

「おおぅ、出すぞ。そうら、俺の子を孕め！」

たてつづけに打ち込んだとき、

「イク、イク、イキます……やぁあああああぁぁぁ！」

八重が嬌声を噴きあげ、のけぞった。

次の瞬間、駄目押しとばかりに打ち込んだとき、恭一も精を放っていた。

腰が躍り、脳が爆発している。

(今、この瞬間、俺は確実に生きている！)

打ち終えたときは、空っぽになったようで、がっくりとなって、八重に覆いかぶさっていく。

はあはあという荒い息づかいが、ちっともおさまらない。

ようやく息がととのった。

すでに二階の二人も情事を終えたのか、二階からは物音ひとつしない。

あまり体重をかけていてもつらいだろうと、イチモツを抜いて、すぐ隣にごろんと横になる。

すると、八重がにじり寄ってきたので、腕枕していた。

「良かったぞ……俺が、最高の和菓子職人にしてやるからな」

抱き寄せると、八重が胸板にそっと顔を埋めてきた。

＊この作品は、書き下ろしです。また、文中に登場する団体、個人、行為などは実在のものとはいっさい関係ありません。

二見文庫

一周忌《いっしゅうき》の夜《よる》に　和菓子屋《わがしや》の未亡人《みぼうじん》

2022年 4月25日　初版発行

著者　霧原一輝《きりはらかずき》

発行所　株式会社 二見書房
東京都千代田区神田三崎町2-18-11
電話 03(3515)2311［営業］
03(3515)2313［編集］
振替 00170-4-2639

印刷　株式会社 堀内印刷所
製本　株式会社 村上製本所

落丁・乱丁本はお取り替えいたします。
定価は、カバーに表示してあります。

ISBN978-4-576-22048-2
https://www.futami.co.jp/

二見文庫の既刊本

# 義父の後妻

*KIRIHARA, Kazuki*
霧原一輝

ある日、郁夫にとって勤務する会社の経営者である妻の父親が、40歳以上も年下の女性と再婚すると宣言した。親族たちは猛反対。妻に頼まれ義父に話を聞きにいくが、郁夫よりも年下のその女性・美雪に魅了され妙に納得してしまう。義父宅に泊まった彼は義父と美雪のセックスを目撃、さらに後日、彼女から誘惑されることとなり……。書下しサスペンス官能!

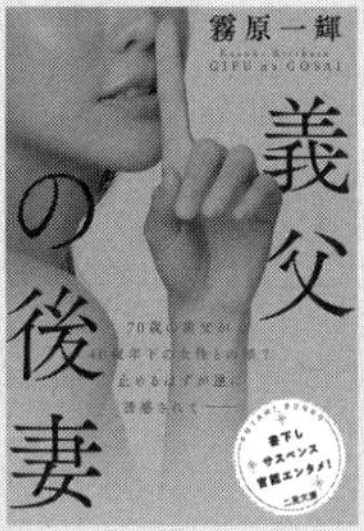